海外小説の誘惑

踏みはずし

ミシェル・リオ

堀江敏幸＝訳

白水uブックス

車が一台、遠方から現われ、たそがれの燃えるような太陽に車体をきらめかせながらやって来た。そして、停車した。ひとりの男がその車から降り、音を立てずにドアを閉め、まっすぐ、ずっとむこうまでのびている街路を見つめた。西の地平線、ちょうど車道が霞んでいくあたりに堂々たる太陽が沈み、最後の陽光が、みずから放つ金とオレンジの光に汚されたアスファルトの上を流れるように照り映え、豪奢な別荘と観賞用の木々を両側に配して引かれた道をおとなしくたどっていくかに見えたが、その陽光は、次第に近づいてくる夏至の夜と、東の方角であいまみえようとしていた。深閑として、人影はまったくなかった。おかげで鳥たちの夜の囀りを、はっきり聴きとることができた。男は、屋敷の低い塀ぞいに歩きはじめた。歩幅の大きい、しっかりした足取りだが、足音はまったく聞こえなかった。上背のある均整のとれた体つきで、年齢の読みにくい知性的なその顔は、無関心といってもいい表情を崩さず、冷酷さと憂愁を漂わせている。ただ灰色の目だけが、猟師か監視員のような目だけが、生気を宿していた。とある邸宅の前で、男は足をとめた。邸宅の中庭は、すきまなく茂る生け垣で通りと隔てられていた。白い柵を乗り越えて、男はゆっくりと、滑らかに歩を進め、左回りに家を一周しはじめた。ずんぐりした、牢固で味気ない建物だった。正面には、低いステップの上にどっしりした中央玄関があり、その両わきを幅のひろい四つの窓がかためている。窓は石で固定した鉄格子に護られていた。二階の壁に、おなじ規格の、だが鉄格子ではなく厚い金属の鎧戸に護られた窓がひと揃い並んでいた。建物の周囲にめぐらされた石畳の小道をたどり、男は西側の切り妻壁に沿って歩いた。壁から数メートルのところに生け垣が植えられ、そのむこうに、地所の境界を示す長い木の塀があった。こちらの壁には、一階にも二階にも、正面で観察したのとよく似た窓がふたつずつあった。家の裏側の配置は、入口にステップがなく、大きさがずっと慎ましい点をのぞけば、正面とかわりなかった。広さからいえば家そのものとほぼおなじくらいだが、かなり奥行きのある裏庭は一面の芝生で、花の咲いた木々の植え込みと針葉樹がちらほら見える。男は、東の切り妻壁の前を通って、中庭に戻り、柵に近づくと、街路の様子をさぐりはじめた。市街地につづく東の方角を見やると、そこはもう闇に覆われていた。夜の進行を、根気よく、細かく調べあげるかのように、瞬きひとつしないで、じっと目を凝らす。男は、そこにたたずんだままぴくりとも動かなかった。太陽は沈みきっていたが、どこまでも澄んだ空にまぎれた、細くたなびくいく筋かの雲をなおもバラ色に染めあげ、赤く染まったその雲が、空のはかり知れない透明さを際立たせていた。すべてが、一種の浄福感をかもしだしていた。夜になっても消え入らぬ光のせいで、なかなか眠りにつけない小鳥たちが囀るおそい夕べの歌、なま温かい微風が不意に速度を増すなか、もの憂げに揺れる枝々のざわめき。繁茂する緑は、咲きみだれる花々に勢いを得、穏やかな家なみが、計算し尽くされたこの緑のなかに、みずからのぎこちなさをそっと押し隠していた。男は、エンジンの音に気づき、あわてることなく生け垣のかげに身をひそめた。ふたりの男を乗せた車が、ゆっくりと屋敷の前を通り過ぎ、百メートルほど離れたところで停車した。どちらも降りてこなかった。男は、うっすらと笑みを浮かべた。庭に戻ると、薄い革の手袋をはめて、裏口の錠をこじあけた。ドアは苦もなく開いた。侵入した空間は、玄関ホールのようだった。間口の広い、長いホールが、家を北から南へ横切り、正面玄関まで延びている。しかし南北を結ぶ距離の三分の一ほどが、二階につづく階段に割かれているため、ホールはそのぶん短くなっていた。男は階段下の、すぐ左手にしつらえられた小さなドアを開けてみた。トイレだった。廊下を進んでいくと、階段の先には、ふたつずつ向き合う恰好で、四つのドアがあった。家の間取りはきわめて単純だった。ファサードが二十メートル、切り妻壁が十五メートルで、三百平方メートルにわずかに満たない床面積があり、内部は玄関と四つの部屋に五等分されている。つまり、各部屋の広さは、五十平方メートルを越えることになる。使い勝手という点からすればおそろしく実用的にまとめられているものの、広さの点からするとひどくゆったりしてもいるこの無駄のない配置が、外から見ただけではわからない、広々とした印象を建物に与えていた。一階の西半分のうち、中庭と街路のある南側には食堂が、庭のある北側には異例ともいえる大きさの台所があった。東側には居間と書斎があり、各部屋ともファサードからふたつ、切り妻側からひとつの、計三つの窓からたっぷりと光を採り入れていた。男は、台所、食堂、居間にさっと一瞥をくれたあと、書斎で少し足を止めた。四方の壁は、書物がぎっしり詰まった樫の書棚で覆われ、それが窓やドアを窮屈そうにとりまいている。部屋の中央には巨大な木製の両袖机があり、時と手垢で黒ずんだ革のトレーが載っていたが、書類はいっさい見あたらず、椅子の方に向けられた写真立てがひとつと、電気スタンドがあるきりだった。机は廊下側のドアに向けて据えられ、自然光をうまく利用できない形になっていた。ひとつしかない東の切り妻壁の窓が、ちょうど背後にくることになり、他のふたつの窓も右手の庭に面してくり抜かれていたからである。部屋の北西の角には、書棚を背にして、どっしりと座り心地のよさそうな革の肘掛け椅子が来客用に置かれていたが、すぐそのわきに丈の高いフロアースタンドがあることから見ると、読書にも使われているようだった。部屋全体の明かりは、天井灯でまかなわれていた。書斎のドアを開け放したまま、男は二階にあがった。二階の間取りは一階と変わりなかった。中央に廊下があり、東側に二部屋、西側にはもう一部屋と、巨大な浴室がある。浴室は台所の真上に位置していた。男は浴室に入り、西の切り妻の窓まで行った。そして、窓を開けた。蝶番が少し軋んだ。隣の部屋に移って、おなじ切り妻壁に取り付けられた窓を開けた。物音ひとつ立たなかった。何度も試したが、結果はおなじだった。男は、外に身を乗り出してみた。突き出した身体から、家と生け垣のあいだを抜ける敷石の小道まで、四メートルの距離がある。生け垣のむこうでは、太陽が最後の光輝を放っていた。男はもう一度書斎に下り、後ろ手にドアを閉めた。天井灯をつけ、机の向こう側へまわった。写真立てには、成熟した女性と少女の、モノクロのクローズアップが入っていた。女は三十歳前後、娘の方は六歳というところで、顔だちはそっくりだった。ふたりとも頬骨が高く、切れ長の澄んだ目をし、唇のたっぷりした優雅な口もとをしている。少女の顔は、頬がまだ子どもらしく丸みを帯びているせいか、卵形がわずかにくずれていた。母親の髪はくすんだ色に、少女の髪はほのかな、ほとんど白に近い感じで写っている。女はおごそかな表情を浮かべ、少女は笑みを浮かべていた。だが、おそらくこのくすんだ重々しい印象は、隣にいる娘の、輝くばかりの白さと笑みから生まれた幻影だろう。光は絵に描いたような物質性を帯びて、外部と子どもの、双方から差し込んでいるかにみえる。まるで電灯の人工的な光線が、内なる光の、真の輝きと混じりあっているかのようだった。男は、いままでどおりの、なにかを分析するような冷やかな眼差しで、しばらくのあいだその写真を見つめた。それから抽斗の中身をひとつずつ調べはじめた。上の二段を除いて抽斗は空だった。うち一方にはオートマティックと銃弾の箱が、もう一方には、細かくきっちりした文字でなかば埋められている紙が一枚、未使用の紙束のいちばんうえに置かれていて、数本の万年筆とインクのカートリッジが入っていた。男は銃を手に取り、装塡されているのを確認してから、もとの場所に戻した。それから手書きの頁を読んでみた。書きかけの手紙だった。

《愛する妻、

調査は終わりに近づいている。いまや最後の証拠を摑んだと確信している。数日後に、Xは完全な資料を入手できるだろう。新聞がそれを公にする。マンジャンは反駁の余地のない証拠を欲しがっていた。わたしが彼に渡そうとしているのは、その疑いようのない証拠だ。この手紙と一緒に、さらに詳しい情報を、Xがおまえのところへ持っていく手筈になっている。際限のないこんな別居生活とも、いよいよお別れだ。時々、ジュリーに忘れられてしまうのではないかと心配している。》

男は手紙を紙束のうえに戻して、抽斗を閉めた。それから書棚を調べに行った。書棚の構成は単純だった。まず入口の左手に、物理学と天文学関係の出版物が収められている。ここを導入部にできそうだった。次いで生物学と動物行動学の本。さらに歴史学の諸作。最後に、入口の右手で終わっている書棚の半分以上が、文学にあてられていた。男は、科学関係の出版物にぼんやり目をやったあと、歴史学の前で足を止めた。比較的薄めの本を一冊手に取って、ぱらぱらとめくってみる。マルク・ブロック『歴史のための弁明――歴史家の仕事』。男は天井灯を消し、フロアースタンドをつけ、肘掛け椅子に腰を下ろして、読みはじめた。

すっかり陽は暮れていた。男は肘掛け椅子に腰を下ろしたまま、本を読んでいた。と、エンジン音、ブレーキ音、それにつづいて低いアイドリングの音が聞こえ、ふたたび静寂が戻った。男はフロアースタンドを消した。書斎は闇に沈んだが、まだなんとか見える状態で、窓から差し込む月明かりに、白と黒の明暗がはっきり浮きあがっている。車のドアの閉まる音がした。正面玄関の錠に鍵の滑り込む金属音が聞こえ、錠前の舌が二度、カチッ、カチッと打ち、それから蝶番のうえで扉が軽く軋みながら回転する音がつづいた。廊下から差し込む光がひと筋、書斎のドアの下を漏れてきた。玄関のドアが、乾いた音を立てて閉まった。男は、本を床に置くと、コートのポケットからオートマティックとサイレンサーらしい光沢のあるシリンダーを取り出し、それをくるくると銃身に装着した。男はそれを、一瞬のうちにやってのけた。ことをせいたからではなく、完璧無比にして、精確きわまりない一連の動作が生んだ迅速さだった。ドアを開閉する音が聞こえる。どうやら台所らしい。その次はトイレだ。水を流す音がする。重く、ゆっくりとした足音が、それらの物音のあいまに響いていた。書斎のドアが開いた。ドア枠に集められた明かりが、いっせいに部屋に差し込み、床や家具類に当たって長方形の光をつくると、そのなかに、ひとりの男のひょろ長いシルエットが黒々と刻まれた。天井灯がともされた。入ってきた男は、机の方へ歩いた。

「そのままだ、ムッシュー・ブレモン」と男が言った。「振り向くな。両手を首のうしろに回せ」

抑制の効いた、重々しい、慇懃ともいえる口調で、男は穏やかに話していた。ブレモンと呼ばれた相手は、それに従った。男は、銃を手にしたままブレモンに歩み寄り、あいた手で身体を探った。武器はなにも所持していなかった。銃を下ろしながら、男は肘掛け椅子まで後ずさりした。

「カーテンを引くんだ」

書斎に入ってきた男は、壁の上から床まで垂れている重い幕を閉じた。三つの窓が、すっかり隠れた。

「机に座って、そのうえに両手を置くんだ、はっきり見えるように」

腰を下ろしたブレモンと、男ははじめて向きあった。ブレモンはどちらかといえば若々しい、人あたりの良さそうな顔つきだったが、疲れと緊張が感じられた。何日も髭を剃っていないのだろう、頬がうっすらと黒みを帯びている。ずいぶん前からこの時が来るのを予期していたかのように、不安と諦念の入り交じった目で見知らぬ男を見つめていた。だが、それでも恐怖を完全に拭い去ることはできなかった。

「ここにいることを、アルベルティに見破られるとは思わなかったな」と彼は言った。

「見つからない隠れ家などどこにもありはしないのだよ、ムッシュー・ブレモン」

「そうともかぎるまい。書類は見つけられんよ」

「ご自身の口から、そのありかを教えていただこう」

「無理な相談だ」

「強がりはやめた方がいい。痛めつけられれば、誰だって正体をなくす。度を超えた痛みがどんなものかは、誰にも想像できない」

男は、さり気ない口調でそう言ってのけた。ブレモンのみぞおちあたりに抑えられていた恐怖心が、つかのま抑制を失ったかに見えた。全身が、しばらく小刻みに震えた。

「安心しろ」と男が続けた。「他人の苦しみを目にするのも、他人を苦しませるのも私の好みじゃない。残酷さというのは弱者の欠陥だ。それに書類はどうでもいい。それが目当てで、ここに来ているわけではない」

ブレモンは深く息を吸い込んだ。落ち着きを取り戻したようだった。死を覚悟してはじめて生まれるような落ち着きだった。ぼんやりと、心ここにあらずといったふうにさまよわせたブレモンの目が、肘掛け椅子の足元に置かれた本に行き当たった。その本を、彼は興味深げに、しげしげと見つめた。

「本が好きなのかね?」とブレモンが尋ねた。

たわいのない愚問だとでも思ったのか、男は黙ったままでいた。しばらく間を置いて、男は口を開いた。

「この書棚の構成は、サンプルとして、なかなか的を射た価値を有している、と私は思う。対象の規模、空間、時間の観点から見て、最も広範な分野にはじまり、最も限定された分野に及んでいる。物理学、生物学、歴史学、文学というぐあいに、個々の総体が、原則としてそれ自身に連なる総体を含んでいる。というのは、この連鎖を遡れば、次のように言えるからだ。想像力は意識の耕された領野のひとつにすぎず、意識は生命体のアクシデントにすぎず、そして生命体は物質のエピソードのひとつにすぎない、と。対象の大きさは、それを説く言説の大きさに反比例するのだよ。物理学の本より生物学の本が多く、生物学の本より歴史学の本が多く、そして文学の占める割合が群を抜いている。このことから考えられるのは、研究分野が広範になればなるほど正確になり、正確さを欠けば欠くほど饒舌になるということだ。そこには、真実の簡潔さと、幻想の冗長さに関する、有益にして興味深い省察の主題がある」

ブレモンは、唖然として男を見つめていた。

「きみはいったい何者だ」と彼は声をあげた。「たったいま残酷がどうのと能書きをたれていたくせに、これはどういうことだ、残酷のきわみとはこのことじゃないのか。さっさと始末したらどうなんだ、早いところ片をつけてくれ」

しばし沈黙があった。

「それは見当ちがいだ」と男はようやく口を開いた。「私はたんに話の糸口を見つけようとしたまでだ。機に応じた、いつわりのない意見交換をね……」

「ならばきみ自身の理論に則って、ことは簡潔に運ぶべきだろう」

男は、冷やかな微笑を浮かべた。ブレモンは疲れ切ったように溜め息をついた。

「なぜアレクサンドル・アルベルティみたいな下卑野郎に雇われてる?」とブレモンがつづけた。

「私は誰にも雇われていない」

「ほう、一匹狼か。それならなぜこんな真似をする? 趣味かね?」

「どうでもいい」

「趣味かね？　殺しが好きなんだな？」

「気になるのか？」

「なるとも。きみの言葉を借りれば、いつわりのない意見交換というやつだ」

「最期の最期に及んでも、なお知りたいことがあるというわけか？」

「そうとも。きみだってそうじゃないのかね？」

「たぶんそうだろう」

ふたたび、小さな沈黙。

「答えたくないのか？」とブレモンが尋ねた。

「しつこいな」

「あたりまえだ。しつこくなければ、きみがここに来るような事態には至らなかったはずだ」

男は、ある種の共感をもってブレモンを見つめた。

「一種の信条表明とでもしておこう。あるいは単純明快に、仕事だとね」と男は言った。

「誰とどういう契約を交わすかについて、倫理的な判断基準はあるのかね？」

「あるとも。私は捕食者にしか手をくださない」

「きみに言わせれば、わたしも捕食者のうちに入るんだな？」

「そのとおり。アルベルティはあんたの獲物だった。いまやあんたの方が、アルベルティの獲物になっている」

「あの男を殺そうと考えていたわけじゃない。名声という仮面の下に隠された卑劣漢の顔を暴いてやりたかっただけだ」

「要するに、やつを始末したかった、と。殺す、始末するは、言葉の綾にすぎない。狩りのやり方は、ひとそれぞれだ」

「ジャーナリストの仕事は、真実の追求にある」

「これはまたおめでたいほど曖昧な言いぐさだな」

「きみにだって、真実を追い求めようとするところが、多少なりともあると見受けられたがね……」

「もちろんだとも。しかしアルベルティに関する真実など、つまらない枝葉末節だ。アルベルティのような男はいつだっていた。これからも絶えることはないだろう。もうひとまわり大きな真実というものがあって、やつらはその真実が一般に及ぼす悪影響の、あわれな症状のひとつにすぎない。アルベルティひとりを片づけたところで、なんの意味もない。八四二六という数字を排除することで、数字の概念そのものを破壊しようと躍起になるようなものだ。単に象徴的な、ということは滑稽で、無意味な行為にすぎない。そんなものに命を賭すだけの価値があるのか?」

「ある、と思うね」

「私には理解できない」

ブレモンは写真に目をやった。

「話をつづけてどうなる?」と諦めたような声でブレモンは言った。「なぜさっさとわたしを殺さないんだ?」

「自分の胸に聞いてみるがいい。それに、あんたについては別に話がある。提案だ」

「提案？」

「契約だ。アレクサンドル・アルベルティを殺すというのはどうだ？」

ブレモンは穴のあくほど男を見つめた。まるでこの人物から植えつけられた恐怖心よりも、その奇抜さ、奇矯さのほうに心を奪われたかのようだった。

「なにが言いたい？」と彼は尋ねた。

「いま話したとおりのことだ。アレクサンドル・アルベルティを殺したらどうかと訊いてるんだ」

「ターゲットを変えようとしているのか？」

「そんなことは言ってない。契約厳守が私の主義だ。あんたが消えてしまえば、あんたのやり方でアルベルティを殺すことは誰にもできない。だから私のやり方で殺したらどうかと言ってるんだ」

「理由は？」

「単なる契約履行の申し出とでも言っておこう」

「気乗りしないね。そんなやり方であの男を片づけるつもりはないよ。アルベルティに対して個人的に含むところはなにもないんだ。わたしが望んでいるのは、公の訴訟だ、範となるようなことだ。そもそもきみの申し出は、わたしの道義に反する。どのみちきみに支払う金がない」

「いや、あるとも。その写真だ。」男は写真立てを指差しながら言った。

「なんだと？」

「その写真をいただく。報酬はそれで十分もらったと考える」

「なぜこんな写真が欲しい？」

「そこに写っているのは、奥さんと娘だろう？」

新たな苦悩がブレモンの目に浮かんだ。

「ふたりとも隠れ家にいる、ずっと離れたところだ。絶対に見つかるものか。」低く、唸るような声でブレモンが言った。

「書類と同じようにということか？　書類を預かっているのは、奥さんらしいな……」

「くだらん。妻はこの件といっさい無関係だ。ふたりを見つけ出すことは絶対にできんぞ」

「奥さんと娘を捜し出すだなんて、誰が言った？　私はこの写真が欲しいだけだ。その見返りに、アルベルティを殺す。あんたの仕事を仕上げるべく命を張る。厚紙一枚のために、そこまでやろうと言ってるんだ」

「わたしを殺してしまえば、そんな写真など好きにできるだろう？」

「私は盗っ人ではないのでね、ムッシュー・ブレモン」

ブレモンは長いこと口を噤んだままでいた。

「無理だ。そんな話には乗れん。」やっとのことで彼は言った。

「よく考えろ。隠されているものがふたつある。アルベルティの書類とあんたの家族。どちらも同じ場所で見つかる、と私は思う。そう考える人間は、私だけではないはずだ」

しばらくして、男は続けた。

「あんたは自分の道義とやらを満足させるために、あるいはたぶん、自分の虚栄心を満足させるために、妻子を危険に陥れた。アルベルティはこの居場所を見つけたんだ。同じようにふたりを見つけ出す。私ならあんたの過失の埋め合わせができるかもしれない、と言っているんだ。意地を張らないほうがいい。あんたには、アルベルティはでかすぎる獲物だ」

「で、きみにはそうじゃないとでも言うのかね？」

「そのとおり」

「なぜだ？」

「アルベルティの武器は、権力と金と数、そして良心のかけらもないことだ。あんたの武器は、知性と調査を進める熱意、それに法律。釣り合わない闘いだよ。あんたは法のルールに則ってゲームを進めているのに、アルベルティは自分自身のルールで動いているのだから。あんたとおなじように、私は一匹狼だ。あの男と同様、私自身のルールでゲームをする。しかし、こちらが相手のルールを知っているのに、むこうはこちらのルールを知らない。アルベルティが私にとってたいした獲物でないとは、そういう意味だ」

「アルベルティを殺す理由がまだわからない」

「その写真が欲しいからだ。そして、それと引き換えに差し出せる物があるとしたら、アルベルティの首しかないということだ」

「どうも納得がいかんね。ついさっきまで、この写真は報酬だった。それがいまや、動機になっている……」

「たいていの場合、仕事の動機はそのまま報酬になる。だが一般論は止めよう、内容が内容だ。契約を受け入れるのなら、納得のいく理由を教える」

ブレモンは諦めたように、ふうっと息を吐いた。

「よかろう」と彼は言った。「きみとの契約を受け入れる。ただし、そこに条項をひとつ加えるという条件でだ。いかなる場合においても、わたしの家族に危害を加えない、と」

「論理立てて考えろ。家族に危害を加えて利益を得ようとしている男を、私は始末するんだ。始末したあとで、なぜあんたの家族に手を出す必要がある？　私は捕食者にしか手をくださないと言ったはずだ」

「そんな道徳観より、むしろプロとしての誠実さを当てにしたいものだな。いまの条項を遵守するのか、どうなんだね？」

「請け合おう」

「わたしとしては、それでよしとするほか選択肢はないんだ。さて、納得のいく理由とやらを聞かせてもらおうか」

「どっちに転んでも、私はアルベルティを殺すことになるのさ」

「ほう？」

「アルベルティは、犯人を警察に引き渡さなければならない。むろんすでに息のない犯人、そして自分とはなんの繋がりもない犯人をだ。だからこそあの男は、部下のなかでいちばんのひよっこですらわけなく遂行できたはずの仕事に、この私を雇った。あんたを突きとめるのは骨が折れたよ、ムッシュー・ブレモン。あんたはなかなか頭がいい。だが殺すのはわけないことだ。アルベルティにとって、私はおあつらえむきの人間なのだよ。腕利きの殺し屋にして身元不明の死体。警察はお手あげだ。あの男はあんたが死んだ後すぐ、ブレモンという名のジャーナリストと身元不明の男が、はっきりしない理由で殺し合う羽目になったと見せかける演出をしさえすればいい。やつの手下はそこだ、外で待機している」

「どうしてわかる?」

「張っていた。おいでになるのをこの目で確かめたのさ。べつに張らなくてもわかっていたことだがね」

「それをみな、いつ悟った?」

「アルベルティが契約を結ぼうと言って来たときだ」

「それで、きみは受け入れたのか?」

「受け入れた。さっきも言ったはずだ、私はやつのゲームのルールを知っている。だが、やつは私のルールを知らない。あの男のやり方は、仮借ないものではあっても、型どおりだ。その手の演出をほどこすことくらい、察しがつく。だが私がそれを見抜いていることを、相手は考えつけない。私が契約を結んでいるという、まさにその理由でね。これで相手に対して私はかなり優位に立てる」

「なぜ引き受けた？」

「馬鹿にならない報酬だったからさ。だが金は二次的な理由だ。私はいつだって、力に対する知性の闘いに興味をそそられてきた。生きるか死ぬか、そんなことは私にはどうでもいいんだ。とすれば、あとは死と戯れるほかないだろう。命に賭金を与える究極の方法は、命そのものを賭金にしてしまうことだ」

「命になんの価値もなければ、賭金はゼロじゃないのか。勝負にうま味はあるまい」

「勝負の関心がもっぱら賭金にあるとすれば、答えはウイ。その関心が、なによりまず精神の力学と、実行に際しての厳密さにあるとすれば、ノンだ。いまわれわれが問題にしているのは、チェスのゲームであって、ロシアンルーレットではない」

「わたしは賭博師じゃない。アルベルティに勝負を挑んでいるわけではないんだ。といって、賭金がないという意味ではないがね。賭けるものはある。しかし自分の命じゃない。

命を張ることになったのは、成り行き上どうしようもなかったからだ。命が賭金とおなじものか。そんなことをしたら道義に反する。とはいえ生き死にのかかった賭金があるとすれば、まさに道義しかない。洒落ではなく、そうなのだよ」

「洒落にもならない。ただの空論だ」

男は、写真立てを示して、話を継いだ。

「この写真に写っているのは現実だ。あんたは大胆にもそれを賭金と呼び、成り行きと呼んだ。いまの発言に比べれば、そちらの義憤とやらは、ただのまやかしか、無駄口にすぎない。それを承知のうえで、なお認めたくないというのなら、あんたは私以上に道義を欠いている。アルベルティ以上ですらある」

ブレモンは興味深げに男を見つめた。恐怖感は去ったようだった。会話のなかに、話し、聞くという単純な事実のなかに、新たな可能性を見出したためなのか、あるいは単に、苦悩をまぎらわす術を見出したためなのか、それともこの会話の内容によって、避けがたい状況を、場合によっては懲罰をすら受け入れる気になったためなのか、でなければ逆に、それにあらがう決意を吹き込まれたためなのか。ブレモンが恐怖感から逃れた理由は、はっきりしなかった。

「どういう手順でアルベルティを殺すつもりなんだね？」とブレモンが尋ねた。

「相手の論理から外れたことをやりつづける」

「つまり？」

「アルベルティの用心深さは並たいていじゃない。移動中の護衛ぶりは国家元首以上だ。まず射止めることはできない。やつが身の安全を感じられるのは、家のなかだけだ。この家というのが一種の城砦で、そこにいる限りあの男は、誰にも傷つけられはしないと高をくくっている。アルベルティを殺しに行くとしたら、その家にいるときだ」

「だが実際問題として、自宅でのアルベルティの警備は鉄壁ではないのかね……」

「それはあくまで原則の話だ。隠れ家が提供してくれる警護は、客観的に見て、外出時の警護より、はるかに強力で完璧なものだ。外に出るとき、やつがどれほど警戒し、どれほど十分なガードを身辺にめぐらそうとね。しかし、時間というファクターを考慮しなければならない。そこそこの出来の、さらにいえば即席の警護であっても、短いあいだであれば常設の警護よりずっと効果的なのだ。表向き完璧に見えても、常設の警護は、襲撃者に自分たちのルールを、ということは弱点を検討する余裕を与えてしまう。おまけに相手は、攻撃の最良のタイミングを選択できる。なぜなら、前者の場合、鍵となるファクターは偶然であり、後者の場合には知性だからだ。私は決して偶然に頼らない。そして、完璧な警護など存在しないと心得ている。完璧な警護とは思考の産物であり、だからこそ思考によって崩すことが可能なのだ」

男は、穏やかな、辛抱強い口調で話していた。強情な、でなければあまりぱっとしない頭の持ち主に、ありふれた主題についての、火を見るより明らかないくつかの真実を、理解させるべく努めているかのように。

「で、きみはアルベルティの弱点を見つけたのか?」とブレモンが言った。

「見つけた」

ブレモンの囁きが聞こえた。

「きみは病人だ《ヴ・ゼット・アン・マラード》」

突然、ブレモンは身をかがめて机の抽斗をあけ、銃を手に身体を起こした。男は、ぎりぎりの瞬間まで待って、一度だけ引き金を引いた。サイレンサーが鈍い、金属的な音を立てた。ブレモンは一発で射抜かれ、机の椅子に倒れ込んだ。男は、もの思わしげにその姿を見つめて、つぶやいた。

「私が病人なら、あんたは死人だよ《ヴ・ゼット・アン・モール》、ムッシュー・ブレモン」

男は書斎をあとにし、明かりをつけずに二階にあがった。浴室に入ると、裏庭に面した窓まで歩き、そのひとつから外の様子を観察した。木々が、ほとんど揺れずに――風は間を置いて流れる微風程度になっていた――、月明かりのもとで、くっきりとその姿を映し出していた。男は、薄闇をかきわけて進もうとしているのでも、はっきりした目標を見きわめようとしているのでもなかった。高く舞いあがった猛禽類のように、周りがしんと身をひそめているなかで、なにか動きのあるものを狙っているのだ。しばらく待った。ついに、木立のむこうの、かすかな気配を感じとった。男は、注意深くその位置を確認した。

それから通りに面した部屋へ移った。中庭に身を隠せるような場所はまったくなかった。なにも見つからなかった。しかしそれぞれのドアに、誰か見張りがついているはずだった。この家に到着した直後、うまく開くかどうか試しておいた西側の切り妻壁の窓まで行き、窓を開け、手すりを跨いで飛び下りた。石を敷きつめた小道のうえに、男は物音ひとつたてず、猫のように降り立った。生け垣を抜けて、囲い塀を越え、隣の敷地に入る。囲いに沿って庭の奥まで進み、そこでもう一度塀を越えて生け垣を抜けると、窓から目をつけておいた植え込みの方へ向かって、少しずつ移動しはじめた。男がひとり、こちらに背を向けてそこにうずくまり、家の裏口を見張っている。先ほどと同じ、押し殺したような銃声が漏れた。が、それはほとんど響かぬまま、闇にかき消えていった。見張りは悲鳴すらあげず、草むらに崩折れた。男は、建物の両側の、小道が消えてゆくふたつのポイントをながめた。なにも起こらなかった。前進し、足を止めてさっきの男が死んでいるのを確かめてから、小道まで進んだ。壁にぴったりと身を寄せながら、東の切り妻から家をまわる。思い切って中庭に一瞥をくれると、またひとり、正面玄関近くのファサードに張りつくようにして見張りをつづけている男がいた。外に身を乗り出さないかぎり、窓からこの見張りを見つけるのは不可能だった。ひと足、ふた足、音もなく飛ぶように進むと、その男の脇腹に、銃をつきつけていた。相手は両腕をあげた。

「壁の方を向くんだ」と男は命じた。「一歩下がれ。もう少し。両手を伸ばして、壁にもたれろ」

深い前傾姿勢の、きつい格好をしていたため、相手はすばやい動きがまったくできなかった。懐を探ると、ベルトからサイレンサー付きオートマティックが、ポケットから弾のスペアカートリッジが出てきた。男はサイレンサーをはずし、コートの右ポケットにすべてしまいこんだ。

「前を歩け」

彼らは家をひとまわりした。前を行く男が、庭の奥へちらりと顔を向けた。男はドアを開けて、捕虜を廊下へ、それから書斎へと入らせた。捕虜の目に、ブレモンの姿が映った。表情ひとつ変えず、取り乱したりはしなかったが、その目にはなにか新しい要素が加わっていた。恐怖だった。

「腹ばいになって、腕を十字に開け。足も広げるんだ」

相手は言われたとおりにした。男は、机の下の床に落ちていたブレモンの拳銃を拾いあげた。

「起きろ」

起きあがろうとしたところを、男はブレモンの拳銃で撃った。ぶすんというサイレンサーの囁きの後だけに、銃声は耳をつんざくようだった。相手は両手で腹をおさえながら、ふたたび倒れて苦痛に身体をよじり、あまりの激痛にうめき声すら漏らさなかった。それからふっと身体の力が抜けて、動きを止めた。男は、死亡を確認してから、その左手に──相手のベルトから奪った武器は、左側につけられていたのだ──自分の銃を握らせ、銃把に何度も指を押しつけた。そして死体の脇に銃を置き、ブレモンの銃を、拾った場所にきちんと戻した。居間を抜け、街路を観察したが、異常はなにも見当たらなかった。数分後、庭に出て、植え込みの裏手で死んでいる男の身体を探った。オートマティックとサイレンサー、弾倉を見つけて、コートの左ポケットにしまいこんだ。それから書斎に戻ると、机の抽斗から書きかけの手紙を取り出し、注意深く再読した。最初に読んだとき、ふたつ目のXのあとに、ちょっとした訂正の跡があることに気づいていたのだが、なにが書かれていたのかまではきちんと考えておかなかったのだ。訂正箇所を調べてみると、線の下に書かれているのは、《o》か《a》のようだった。この奇妙な突起物は、独立した一文字と考えるほかないはずだから、匿名性の象徴そのものであるXと、ひとつの名前の頭文字とが、偶然一致しているということではないか。慎重を期して、その名を記号で隠そうとしながら、ブレモンはつい書きかけてしまい、すぐに気がついて消したのではないのか。ジャーナリストの死体を探ると、背広の内ポケットから住所録が見つかった。Xの項目を見たが、そこにはなにも記されていなかった。それから姓ではなく名前に注意して、最初から読んでいった。Mの項に、目をひく名前があった。メルロー・グザヴィエ、エドガー・アラン・ポー通り二十三番地。電話番号がそのあとに記されていた。最後まで手帖を調べたが、ほかに目ぼしい名はなかった。男は住所録をもとに戻し、写真を額から抜き取って、額は机の抽斗に片づけた。床に置かれたマルク・ブロックの本をしばらく見つめたあと、ポケットから紙幣を一枚出して、額とおなじ抽斗に入れた。本を手に取って写真とブレモンの手紙を挟み、あたりを見渡して部屋を離れ、裏庭のドアから外に出た。ほどなくして、男の車は、夜のなかを街の方へと消えていった。

その界隈は、一番つつましいところでも三ヘクタールは下らない大邸宅が立ちならぶ屋敷町で、それぞれの地所が、中央の並木道と縦横に交わる街路によって、互いに十分な距離を保っていた。大通りの並木はずいぶん目が詰まっているので、狭い森を途方もなく引き延ばしたように見える。街からは、平穏な空気と、金銭の匂いが滲みでていた。男は、最も広壮な敷地のひとつを囲む高い塀と、念入りな細工のしてある公園の鉄柵にはさまれた、ひと気のない通りに車を止めた。塀のむこうに巨大な樫の木が何本も顔をのぞかせ、枝々は、どこにあるのだかわからない投光機の白熱した光線で、下から強く照らしだされている。それが公園と平行して、ずっと先までつづいていた。ふんだんに注がれたこの間接照明は、街灯の穏やかなオレンジ色の光と際立った対照をなし、六月の澄んだ夜のなかに、焼けつくような光をくっきりと浮かび上がらせていた。男は、車を停めたところからすぐの塀に、あらかじめうっすらとつけておいた目印を認めた。トランクを開け、手袋、コート、上着、ネクタイ、シャツ、それから靴を脱いで、なかに片づけると、黒い薄手のセーターと地味な色のテニスシューズを取り出した。セーターを着、テニスシューズを履いて、もう一度手袋をはめる。トランクから金属管をひっぱり出し、手ばやくそれを繋げると、軽い梯子ができあがった。男はそれを、塀の印のあるあたりに立てかけた。コートの左ポケットから、ブレモンの隠れ家の庭で片づけた男の、銃とサイレンサーと予備の弾倉を取り出し、サイレンサーを回しながら銃身に取りつけ、弾倉はスラックスのポケットにしまった。トランクに鍵をかけると、武器に装塡した弾倉が満杯であることを確認し、しばらく通りの両端に目をやってから、塀のうえに頭が出るか出ないかというあたりまで梯子をのぼった。砂を敷きつめた幅の広い小道が一本、両側に規則正しく配置された強力な投光機で真昼のように照らしだされ、この小道によって、第一列目の樫の木と塀とが隔てられていた。男は、幹のひとつに設置してある監視カメラに狙いをつけた。カメラは垂れ下がった葉むらにほとんど隠されていたが、その高さからだと判別できた。引き金をひいた。カメラは激しく揺れ、レンズが壊れた。男は残りの段をのぼって塀に馬乗りになり、梯子を摑んで塀のむこう側へ移すと、小道に下りた。それから梯子をはずすと、木の裏側へ身を隠した。

屋敷の監視室では、コントロール・パネルの前に、男がひとり座っていた。正面の壁には、十二台の監視用モニターが設置され、建物の背後四ヘクタールにおよぶ庭園を囲む塀沿いに走る小道の、すべての区間を映し出していた。

「二号カメラが故障だ」と彼は言った。「五十メートル監視不能になった。見て来てくれ」

声を掛けられたのは、後ろの小さなテーブルでカードに興じている、ふたりの同僚だった。片方が立ちあがって、ドアに向かった。二階へ通じる巨大な階段が奥にひかえた広間を抜け、小石を敷きつめた中庭を見おろす石造りのテラスに出ると、リムジンが一台停まっていた。中庭のむこうに、いくつかの珍種を植えた広大な芝地が、きちんと間隔を置いた街灯に照らしだされ、刈りこまれた密度の濃い芝生が、その光で乳色に映えていた。芝地にくまどられた中央の小道は、樫と鉄でできた両開きの巨大な正門へとつづき、正門は塀を中央で断ち切る恰好になっていた。テラスでは、制服姿の運転手が肘掛け椅子に倒れこむように腰を下ろして涼をとり、煙草を吸いながら酒を口に運んでいた。

「どうかしたのか?」運転手が尋ねた。

「カメラが一台故障した」

警備員は中庭に下りて小道をたどった。道はまずファサード沿いに延びて、それから庭園と芝生を分けつつ湾曲して塀までつづき、その右隅で、敷地をひと周りする道に繋がっていた。運転手の目に、いちばん手前にある木立ちのむこうに消えてゆく仲間の姿が映った。その瞬間、警備員は一号カメラの視野に入った。監視係は同僚がモニターを横切るのを認め、それから見失った。

警備の男は、壊れたカメラが取り付けてある樫の木の前で足を止めた。

「腕を伸ばしたまま、木にもたれろ。」闇から姿を現わした男が言った。

完全に不意を突かれて、警備員は飛びあがったが、しばらくためらってから、その言葉に従った。男は警備員からリヴォルヴァーとトランシーバーを取りあげた。

「相棒はどこだ?」

「むこうで待機してる」

「主人の言いつけを守らなかったわけか。まあいいだろう。監視室を呼び出して、こう言うんだ。〝故障の原因がわからない。予備カメラを持ってきてくれ。念のため、ここで見張っている〟。ひと言でも余計な口をきいたら、命はない」

トランシーバーを差し出されると、警備員は言われたとおりにした。男はまたトランシーバーを取りあげた。

「一服しろ。落ちつくはずだ」

警備員は煙草を吸いはじめた。ようやくのこと驚愕から立ち直り、少し落ち着きを取り戻していた。

「どうあがいても無駄さ」と警備員が口を開いた。「この小道をたどって行けば、たちどころに見つかる。カメラが見張ってるんだ。また一台壊すようなことがあれば、仲間がすぐ反応する。一台くらい故障しても問題はない。しかし二台となると話は別だ。木立ちを抜けたとしても、十メートルも行かないうちに警報が鳴る。あそこは樹木より電子の罠のほうが多いくらいでね。おまけにその先の地所はむきだしだ。言っておくが、どうあがいても無駄だよ」

「静かにしろ」

突然、男は闇のなかに戻った。道のむこうに、箱をひとつと折り畳み式の梯子を持った男が現われたのだ。

「余計な真似はするな」と男は囁いた。

ふたり目の警備員がやって来て、荷物を置いた。頭をあげ、粉々になったカメラが目に入ると、驚いて相棒の顔を見つめ、さっと手をコートに突っ込んだ。取り出した手には拳銃が握られていたが、構える間もなく、撃ち抜かれた。倒れる前に、もうこと切れていた。男は、警備員の拳銃を蹴り飛ばした。

「コートを脱がせて、木の裏側へ引きずるんだ」

残された方は、ぎくしゃくした手荒な動作で命に従った。身体の震えが止まらなかった。

「道の真ん中で腹ばいになれ」

そんな恰好になっても、震えは止まらなかった。男はさっとコートを羽織った。

「落ちつくんだ」と男は言った。「身体を起こせ。泣きたければ泣くがいい」

警備員は座りこんだまま、こらえきれず小刻みにしゃくりあげ、なかば押し殺したようなうめき声をあげて泣きだした。少しずつ、すすり泣きが間遠になり、やがて落ちつきが戻った。

「もうごめんだ」と彼は顔を拭いながら言った。

「そのとおりだとも。しかしなにがごめんなのか、おまえにはわかっていない」と男は言った。「もう大丈夫か？」

「ああ」

「カメラをはずして、新しいカメラのケースに入れろ」

警備員は梯子を木に掛けた。梯子にのぼって壊れたカメラの接続を切り、固定器具のネジをゆるめ、機器を肩にかついで下りた。そして新しいカメラを箱から出し、代わりに壊れたカメラを入れた。

「新しいカメラを取り付けろ」と男は言った。「いいと言うまで、接続するな」

警備員が働いているあいだに、男は右の手袋をはずし、ケースを右肩にかつぐと、手袋をとった手でそれを支えた。屋敷の方に身体を向ければ、カメラと顔のあいだにケースが入って、顔が隠れる寸法だ。男はコートの左ポケットに拳銃を滑り込ませたが、握りしめたまま、片ときも放さなかった。

「繋げろ」と男は言った。「カメラに向かって、〝修理完了、これから戻る〟とだけ言うんだ。梯子を担いで歩きだせ。すぐあとからついて行く」

男は警備員にトランシーバーを差し出した。警備員はカメラを接続し、トランシーバーを口もとに当てて、〝修理完了。これから戻る〟と言い、通信を切って梯子を下り、畳んだ梯子をかついで、振り返らずに小道を進んだ。

監視係は、ふたりの男が二号カメラの視野を出て、一号カメラの圏内に入るのを見た。しばらくのあいだ、彼らはどちらのカメラにも映っていた。監視領域に、重複する箇所があるからだ。そのあとむきだしの部分に出て、係の目を逃れた。テラスでは、ふたりが近づいて来るのを、運転手がぼんやりと眺めていた。中庭で、前を歩いている男がつまずいたらしい。運んでいた梯子もろとも倒れて、警備員はながながと横になった。運転手はげらげら笑いだし、肘掛け椅子から半分ほど身を乗り出したが、すぐにまたへたり込んだ。息絶えていた。男はケースを置いて、テラスとホールを数歩で跨ぎ越え、監視室に闖入しながら、ほとんど狙いもつけずに引き金をひいた。監視係が、椅子から滑り落ちた。男は後ろ手にドアを閉め、コントロール・パネルとモニターを調べた。カードゲーム用の小テーブルまで行き、そこに拳銃を置くと、手袋をはめ直し、コートを脱いで、椅子の背に二つ折にして掛けた。スラックスのポケットから、最初の警備員が持っていたリヴォルヴァーを取り出し、テーブルのうえに投げた。それから自分の銃を取りあげて、ホールに出た。階段の左にあるドアまで歩き、開けてみると、そこは配膳室だった。召使とボディーガードを足して二で割ったような制服姿の男が、脇に銃を吊るしたまま、飲み物をならべたトレーのまわりで、まめまめしく立ち働いている。顔もあげずに彼は言った。

「なにか出そうか?」

それからちらりと目を投げて、身体をこわばらせた。

「トレーから離れろ」と男が言った。「もっとだ」

倒れるとき、なにかを引きずり落とさなくてすむだけのスペースのあるところまで相手が下がった途端、男は引き金をひいた。鈍く弱々しい音を立てて、係は配膳室の大理石の床に倒れた。トレーにはシェーカーが二個、グラスが二個載っている。弾倉を調べると、残りは三発だった。男はそれを満杯の弾倉と差し替え、ホールに出て階段をのぼった。二階に上がると、ひそひそとした話し声が聞こえた。両開きのドアに近づいて、耳を澄ます。声の主はふたりだ。一方は聞き慣れた声で、不安げな響きがあり、もう一方がそれをなだめようとしている。彼らの口から、何度もブレモンの名が出た。男はドアをノックした。

「飲み物だ」という声が聞こえ、片方の扉が開いた。男は至近距離から撃ちこみ、崩れ落ちたばかりの屍を飛び越えて、部屋に踊りこんだ。室内をひと目で見渡し、ゆったりした肘掛け椅子に腰を下ろしている相手に銃を向けた。ほかには誰もいなかった。すばらしく凝った身なりの、老いたる色男といったその男は、いまだにがっしりした運動選手のような体型と、整った顔だちを保っていたが、きりっとしたその表情は、そろそろ目立ちはじめた肥満のせいでいくらか角がとれていた。成りあがり者の匂いが、ふんぷんと漂っていた。威厳を感じさせるべく努めねばならなかった人間、そして、いつでもその度を過ごしてしまう人間から容易に嗅ぎとることのできる、あの匂いだ。雑誌で見かけるようなこの気品の下に、下層階級特有の残忍さがのぞいていた。真っ青な顔で、彼は啞然として闖入者を見つめていた。

「ブレモンは死んだ。あんたの手下もね」

アレクサンドル・アルベルティは、気を取り直し、なんとか平静でいようと努めていた。これまでどんな状況に陥っても、最後には必ず乗り切ってきた男なのだ。

「いくら欲しい？」かなりしっかりした声で、アルベルティが言った。

「金ならもう頂戴した」

「あれは人を殺すために払った金だ。今度は殺さないために払う。いくらだ？」

「契約の買い取りはできないことになっている」

「なんだと？」

「私はあんたのことで、ブレモンと契約を交わした」

「いい加減なことを言うな。やつがそんな真似をするものか。第一、払う金がない」

「こちらが要求したもので、払ってくれた」

「想像すらできんような額の金をやろう。死ぬまで豪勢な暮らしができるだけの金をな」

男は蔑むような笑みを浮かべた。

「あんたの命にそれほどの値打ちはない」と男は言った。「報酬ぬきで殺してもいいくらいだ」

まさかという思いとない混ぜになった恐怖が、突然アルベルティの目に浮かんだ。

「俺の事業に加えてやろう」と、やっとのことでアルベルティは言った。「取り分は山分けだ」

「たわごとは止めるんだな」

男は穏やかな侮蔑のこもった目で、アルベルティを見つめていた。そして、つづけた。

「ブレモンには手こずったよ。あの男は私の論理から外れていたからな。だがあんたはちがう、屁でもない」

そして、引き金をひいた。額に一発くらって、アルベルティは肘掛け椅子に崩れ落ちた。

男はドアを閉めながら部屋を出ると、音を立てずに階段を下り、ホールとテラスを抜けて行った。すべてが穏やかだった。中庭で折り畳みの梯子を拾いあげ、配膳室へ片づけに行った。戻りがけに、使えなくなったカメラを入れた箱を拾いあげ、地所に侵入した地点まで小道を歩いた。外の通りをよく確かめてから塀を越え、金属管の梯子を分解すると、カメラ、銃、弾倉といっしょに、それをトランクに片づけた。手袋を脱ぎ、周囲に目を配りながら、すばやく着替えをすませた。手袋をはめ直し、トランクを閉めると、男は車に乗り込んで、発車させた。

月明かりのもと、庭は静かで、これといった変化はなかった。植え込みの下で、息絶えたはずの男が、夜の甘美な匂いに乗じて眠っているように見える。男は、そこに近寄った。死体のポケットから見つけ出した弾倉をもとに戻し、銃身を掴むと、手袋が指紋をきれいに拭いとってくれた銃把に、死人の手を何度も握らせた。書斎の窓にちらりと目をやり、通りに戻ると、街へ向けて車を走らせた。

寝静まったホテルの前で、男は車のトランクを開け、そこに大きな革のスーツケースを二個入れて、鍵をかけた。運転席に腰を下ろし、市街図を調べてから車を走らせた。ほとんどひと気のない大通りをいくつか走った。エドガー・アラン・ポー通りは一方通行だった。男は二十三番地まで行かないうちに車を停め、その先は歩いて行った。歩きながら、停車中の車を物色した。二十三番地の入口付近に停められた一台の車の、フロントガラスとリアウインドーに、《プレス》のシールが貼られている。男は建物に入り、郵便受けを調べてみた。四階右、グザヴィエ・メルローという名が読めた。外に出て、エドガー・アラン・ポー通りの先まで歩いた。大通りとの交差点に出ると、百メートルほど左へ折れたあたりで電話ボックスを見つけた。ボックスに入って、メルローの番号を回した。五回べルが鳴ったところで、誰かが出た。

「もしもし」

「ムッシュー・ブロック？」

「おまちがえです」

「これは申し訳ない。どうも失礼」

男は受話器を置いて、別の番号を回した。すぐに応答があった。

「西部郊外中央警察。どうぞ」

「一時半頃、ヴィクトル・ユゴー通り九十三番地の前を通ったら、銃声が聞こえた。絶対にまちがいない、調べに行ってくれ」

「お名前は？」

「名前なんてどうでもいい」

「なぜこれまで連絡してくださらなかったんです？　三時間以上経過してますよ……」

「踏ん切りがつかなかった。トラブルは苦手でね」

「お名前は？」

「そこまでにしてもらおう」

男は受話器を置き、ボックスを出ると、メルローのアパルトマンがある建物まで戻った。四階にあがり、階段右手にあるアパルトマンの、ドアのすぐわきの壁にもたれた。階段の吹きぬけを浸す薄闇のなか、ぴくりとも動かず、男は待った。

メルローのアパルトマンで、電話が鳴った。男は階段を下り、建物から出て、車に乗りこんだ。夜は明けていた。すでに走りだしている車の影も見え、起き抜けのむくんだ顔で、シャワーに肌を火照らせた人々が、三々五々歩き回っている。三十分後、今度はメルローが急ぎ足で出てきて、プレス用のシールを貼った乗用車に駆け込んだ。車はすぐに走りだした。男は距離を保ちながら、メルローを尾行した。

村を二分する通りの突き当たりで、メルローの車が右折するのが見えた。いちばんはずれの民家が途絶えた、さらにその先百メートルほどのところだった。市街地や高速道路では交通量も多く、尾行は楽だったが、最後のあたりは比較的閑散とした県道を走ったため、見失うのを覚悟のうえで、メルローとの距離を広げざるをえなかった。男は村を抜けて、交差点の手前で車を停めた。そこは村道のひとつで、入口には《この先行き止まり》という標識が読めた。男はバックして、村の出はなに停めてある二台の車のあいだに駐車した。交差点まで歩いて戻り、村道に入った。道は一軒の離れ家に通じていた。中庭にメルローの車が停められている。玄関のステップ前で、メルローはひとりの女を抱きしめていた。女はなりふりかまわず泣きじゃくっていた。男は、木陰に身をひそめて、ふたりを見つめた。女の顔を見分けることはできなかったが、たっぷりした髪には見覚えがあった。彼らは家に入った。ほどなくして、写真の少女が家から出てきた。しばらくためらって、少女は隣の畑に消えた。男は家に近づいた。開け放たれた窓から、話し声が聞こえてくる。その内容が聞き取れるようになったところで足を止め、畑の入口と家のドアに目を配りつつ、耳を澄ませた。メルローの声がつづいていた。

「とにかく、居場所を変えるべきだ。ピエールを殺した連中にどんな情報が渡ったのかは知らないけれど、この場所も危なくなってる。ここへ来る前、ピエールや新聞とはまったく関係ない友人と話をつけてきたんだ。別荘を貸してもらえる。ここから南東へ一五〇キロ、サン・フィルマンという村にある田舎家だ。荷造りしてくれ、いますぐ。書類はぼくが持っていく」

「それはだめ。わたしが預かっておくわ」

女は、響きのいい、しっかりした、いくぶん低めの声をしていた。

「無茶だよ、マリー。いくらアレクサンドル・アルベルティが変死したって、なにも変わっちゃいないんだ。その逆だよ。あの男が死んで言えることは、巻き添えを食った連中のなかには、ピエールの調査の跡を消すためならなんだってやりかねない奴らがいるってことさ。どんな些細な跡でもね。おまけにアレクサンドルの弟、ルネがいる。あいつもこの事件に首まで漬かってる。書類の差押えは時間の問題だ。ピエールから話はそのつど聞かされてる。やるべきことはちゃんとわかってる。マンジャンは書類が警察の手に渡る前に、是が非でも公表する構えなんだ。あと足りないのは、ピエールがここ数日中に入手することになっていた、経理上のいくつかの書類だけさ。ぼくが事を済ませるまで、きみはこの件といっさい係わらないことだ」

「もう遅すぎるわ。ピエールはわたしに書類を保管してくれと頼んだのよ。あのひとが言ったとおりにしましょう。わたしの役目が終わるのは、キオスクにならんだ新聞の一面にその書類が出ているのを見たとき。それまではだめ。まさにその瞬間まで、あのひとは告発している相手に片づけられるか、上の人間にもみ消されるかの危険を冒してきたんだから。あなたは調査を終わらせる。わたしは書類を預かる。ピエールはそのために命を落としたのよ……」

「マリー……」

「ひとりにして、お願い。少しこのままにして」

男は、すばやくその場を離れて、車に戻った。そして地図でサン・フィルマン村を探し、出発した。

男は村の入口に車を停め、そのなかでじっと待っていた。バックミラーでしきりに道路の様子をうかがっている。まっすぐなこの道路を通って、男はサン・フィルマンにやって来たのだった。不意に、わずかな車間距離を保って走る二台の車が視野に入った。前を行く車には見覚えがあった。速度を落としながら、二台は男のすぐわきを通り過ぎた。先を行く車はメルローが運転していた。その後にマリーの車がつづき、後部座席には落ち着きのない娘の姿があった。女の繊細な横顔が、ちらりと見えた。男がエンジンをスタートさせ、村の中心部へ入ろうとしたとき、先を走る二台が停車した。男は待った。メルローが一軒の家の玄関で呼び鈴を鳴らした。中に入ると、鍵束を手にしてすぐに出てきた。車はまた動きだした。男はその後を追った。村の中心にある四つ辻を、彼らは直角に折れてあっさり集落を離れ、うねうねとつづく切り通しの道を走って行った。あるカーブを曲がりきると、左に延びる小さな脇道に彼らの車が停まっていた。車が見えたのは長く白い柵の前で、柵は盛土に植木をしてこしらえた生け垣の途中に口を開けていた。男はそのままの速度で分岐点を通り過ぎ、もっと先の、分岐点からは見えないところまで走って、道路わきの空き地に車を停めた。空き地の先は、囲いのある農地の入口になっていた。分岐点まで歩いて戻り、わき道に入ると、柵が開けられて、車は二台とも姿を消しているのが確認できた。生け垣の切れ込みの前を通るとき、メルローと女が、スーツケースを担いで、広々とした屋敷に入っていくのが見えた。ふたりの後を、小さなリュックサックを背負った娘がついていった。家屋は古い平屋だったが、保存状態は完璧で、細心入念な修復が行なわれたことを示していた。家は手入れの行きとどいた広い芝生で囲まれ、そこには果樹を中心とした樹木が、じつにバランスよく配されていた。地所全体は四角形で、先ほど見たのとおなじ、盛土の斜面に木を植えるやり方の生け垣が境界になっている。道路から生け垣に沿ってつづく小道は、柵の前で右に曲がって私有地に入り、玄関口まで延びていた。

曲がりはなで、小道は道路からの道筋をそのまま引き継ぐかのように、かなり広い野道に接続し、生け垣の切れ目のむこうへ、盛土の外縁に沿ってつづいていた。植え込みの長い枝々に光を遮られたまま、二百メートルほど歩くと、男はぱっと明るい場所に出た。生け垣はそこで真西に曲がり、地所の南の境界を示していた。所有地の南には、大きな杭に板を打ちつけた塀で残りの三方を囲まれた小さな境界地があり、その中央に窮屈そうな建物が立っていた。石造りの壁に瓦葺きの屋根、わきに木造の納屋を従えたその低い家は、廃屋のように見えた。野道はそこからなだらかな下りとなって広い川に通じ、入江を挟むように広がる茶色い砂地へと消えていた。男は、川まで歩いて行った。南中に近い位置にある太陽の焼けつくような光が、早瀬に照り映えてきらきらと滑らかに輝き、水は音もなく流れていた。この静けさは川床の深さを物語っていたが、ゆるやかな浸食を受ける土手が、それにあらがって漏らす擦れるような音で、静寂は時おり断ち切られた。川岸には、狭い浜と、流れの方向になびいた長い草と、柳の植林がつづいている。男はしばらくのあいだ、一幅の絵のように整ったこの景色を見つめ、それからまた野道をのぼった。小さな家の敷地をかぎる板塀に沿って進むと、塀の途中に設けられた押し戸を閉じる鍵が、ただの掛け金であることに気づいた。扉を開けて、地所に足を踏み入れた。家の入口の前に、ポンプが一台あった。何度も柄を動かしてみた。ほぼ間を置かずに呼び水が入り、澄んだ水が地面に流れ出た。窓から家のなかを覗いてみる。家具はほとんどなく、生活用具にいたっては皆無で、空き家であることは疑うべくもなかった。とはいえ、どこも良好な状態に保たれ、掃除が行きとどいているところを見ると、定期的に人の手は入っているようだ。建物をひとまわりし、隣の屋敷の生け垣まで歩いた。生け垣の短い部分が、いま男の立っている土地の北側の境界となって、貧と富の、ふたつの地所を隔てていた。土手を駆け降りると、そこから、芝生のあちこちに植えられた木々のあいだに、大きな家の南側の壁が見えた。壁をくり抜いた、幅広の高い窓の鎧戸は、閉じられていなかった。男は車に取って返すと、Uターンして村へ戻った。中心部にある四つ辻のすぐ近くの、教会と村役場の開いている広場に駐車し、カフェに入った。客はほとんどいなかった。時計を見た。午後一時。誰もが家で食卓につき、ちょうど昼食を食べ終えている頃あいだった。突然、男は腹が減っているのに気づいた。まる一日、なにも口にしていなかったのだ。男はカウンターに行った。カフェの主人はあから顔の小男で、上着を脱いだチョッキ姿は、あらゆる点で同業の有象無象と一致し、あたかも気質と職業が、通常の遺伝の法則に代わって、永遠に反復されるフェノタイプを作りだしうるかのようだった。主人は男のほうに顔をあげ、興味深げに見つめた。

「注文は？」

「コーヒーを」

「酒は垂らすかね？」

「いや、結構だ」

主人が出したコーヒーを、男はひと口飲んで、カップを置いた。

「村の南西の、川の近くに、小さな空き家があるんだが、誰の持ち家だか知らないか？」

「大きな屋敷の隣の、廃屋かい？」

「そうだ」

「マクシム・ルズールのだな」

「そのルズールさんとやらに、どこへ行けば会える？」

「わけないさ。店を出て、一本目の通りを右に曲った三軒目。表札が出てる」

「助かったよ。勘定は？」

「三フラン、サービス料込みでね」

男は五フラン硬貨をカウンターに置き、軽く会釈して、コーヒーを残したまま店を出た。白い二階建ての前で足を止めると、郵便受けの名前を読んで、呼び鈴を鳴らした。開いたドア枠のなかに現われたのは、年のいった小柄な男だった。節くれだった痩せぎすの男だが、すこぶる壮健で、肉体労働で酷使されながら、まさにそのおかげで老けきらずにもいるという身体つきだった。たっぷりしたコーデュロイのズボンを履き、地味なチェックのシャツのうえにはウールの部屋着を羽織って、足元はスリッパだった。話好きな感じではなかったが、警戒心も敵意も感じられなかった。一見して、むかし畑仕事をしていた男だと知れた。

「マクシム・ルズールさんかい？」と男は尋ねた。

「そうだが」

「このあたりにしばらく借りられる家を探してるんだ。川の側で小さな家を見つけたら、あなたのものだと教えられた。ちょうど手頃なんでね」

「まあ入りなさい」

老人はわきに寄って、大きな部屋に男を通した。そこは台所兼、食堂兼、居間として使われていた。長いあいだなにも動かされていないのか、むっとする匂いがした。家具はこれといった様式のない貧相なものだったが、使い勝手がよく頑丈そうで、隅々まで気を配った手作りの品だった。おそらく持ち主自身が作ったものだろう。ルズールは、大きなテーブルの長椅子に男を座らせて尋ねた。

「コーヒーを淹れたんだが、飲むかね？」

「いただこう」

ルズールはふたつの器《ボル》にコーヒーを満たし、角砂糖がたっぷり入った鉄の箱をテーブルに置いて、男の正面に陣取った。コーヒーは濃く、うまかった。男は喜んでそれを飲んだ。

「すぐそばから見たのかね？」とルズールは尋ねた。

「そうだ」

「あそこにはなにもありゃしないよ。水道も電気も家具もな。あるのは古びた箪笥がひとつとテーブルがひとつ、それに椅子がふたつだけだ。わしが残していったものだがね。ここに置場がなかったのでな」

「それは構わない。住み心地はどうでもいいんだ。あのままがいい。場所も悪くない」

「そうとも、あの辺りは悪くない。人に貸すなんて考えもしなかったがな。こう言ってよければ、あれはごく私的なものなんだよ。なにからなにまで、わしがひとりで建てたんだ。土地を離れて、みんな売り払った後も、あの家だけ手もとに残しておいたのはそのためさ」

　この一人暮らしの老人は、ただ話をしたいだけなのか、それとも農民らしい、例の狡猾きわまりない策を弄して、値をつりあげようとしているだけなのだろうか。

「いつから借りたい？」ルズールが訊いた。

「すぐに」

「期間は？」

「ひと月ほど。それ以上になるかもしれないし、それ以下かもしれない。いずれにせよひと月分は前払いする」

「いささか急な話だな。調べてみないと、どのくらいが適当な値か言えんだろう。こうしよう、鍵は渡す。あんたはちょっとした手付け程度の金を置いていく。それから先は、またこの次だ」

男はポケットから五百フラン札を一枚抜き出した。

「これで十分か？」

「十分すぎるとも」

「では、何日かしたらまた寄る」

ルズールは立ちあがって、食器棚まで行き、抽斗から紐でまとめた二組の鍵を取り出した。

「こいつが」と彼は説明した。「家の鍵。もう片方が、納屋の鍵だ。車一台ぶんのスペースはある。大きな方の部屋には暖炉が、小さい方には薪で火を起こすかまどがある。どちらも火の通りは申しぶんない。納屋の奥にはよく乾燥した薪がどっさり積んである。いるだけ使うがいい。台所の戸棚には、石油ランプと大きな水筒もある。井戸の水は澄んでいて、ちゃんと飲める。健康にはとてもいい家だ。湿気もまったくない。貸してほしければ、ベッドもあるが」

「いや、遠慮しておこう。折り畳みのベッドがあれば十分だ。必需品はどこで揃う？」

「広場に行けば、必要な店はみんなある。あと三十分もすれば開くさ」

「ありがとう。また寄る」

「またな」

一時間後、男はあらためて小さな農家に向かった。車の後部座席は包みや袋で一杯だった。発車するとき、メルローの乗用車が広場に入ってくるのが見えた。車には、新聞記者とマリー・ブレモン、そして娘が乗っていた。男は道路を走って小道に折れ、開いた柵の前を通って野道に入った。木の囲いに沿って車を停めると、エンジンをかけたまま、ちょうど車が通れるくらいの幅の扉を開けに行き、それから家のドアと納屋の戸を開けて中庭まで車を乗り入れ、玄関の前で停めた。包みをみな大きい方の部屋に下ろし、トランクにならべておいた二個の大きなスーツケースも下ろした。納屋に車を入れ、家に戻ると、すべての窓を開け放った。もっとも空気は乾いていて、黴臭さはまったく感じられなかった。台所には、すでに教えられていたかまどと戸棚のほかに、石造りの巨大な流しがあり、排水管は背後の壁を抜けてどこかへ通じていた。男は戸棚から石油ランプと水筒を取り出し、その戸棚に、皿、コップ、揃いのナイフ、フォーク、スプーン、水差し、栓抜き、缶切り、布巾の山、鍋、フライパン、やかんを片づけた。それから流しに、プラスチックの洗い桶、液体洗剤、スポンジをひとつ置いた。ランプと水筒を持って居間に移り、金属の骨組みに布を張った折り畳み式ベッドが入っている、四角く平たい大きな段ボールを開け、中身を壁際に設置した。収納袋から敷布と厚手の羽布団を引き出し、ベッドにひろげた。それから一個目のスーツケースを開け、ポータブルラジオと三十冊ほどの本を取り出し、本はテーブルにならべた。どれも歴史書か、それに類する領域の書物ばかりだった。フラウィウス・ヨセフス、ロベール・ド・クラーリ、あるいはアタ＝マリック・ジュヴェーニなどの古典的な歴史家と、ブロック、ブローデル、ルロワ＝グーラン、ヴェーヌ、オールコック、クラーク、ギャレー、チャンなど同時代の歴史家が含まれ、大半を理論家が占めていたが、それは事件の推移や、さまざまな文明とその当事者の、きわめて特異な性質の顕われに対する関心より、歴史に課された、そして歴史によって課された普遍的な哲学に対する関心のほうが大きいことを示唆していた。男はそれから、下着、衣服、タオル、革のケースに収められた洗面用具を一式取り出し、丁寧に箪笥にしまった。二個目のスーツケースを開けると、なかには高価な缶詰と、特級を含む上等のワインが入っていた。男は台所の戸棚へそれらを片づけに行った。スーツケースが空になったところで、表からはわからない仕掛けを動かした。固い革の底が軽く跳ねあがった。持ちあげると、寸分たがわぬふたつの底板のあいだに細工された、思いもよらぬ空間があらわになった。紙幣の束、オートマテイック、かなりの数の弾倉、弾丸の箱、サイレンサー、そしてブレモンの隠れ家で押収した写真と手紙が隠されていた。男は写真を見、銃を取りあげ、それを箪笥に積みあげた衣服の下に隠した。二重底を閉じ、スーツケースをふたつとも閉じると、それらを箪笥の下に立ててならべた。納屋へ行き、大きさの不揃いな薪と小枝をいくらか抱えて、暖炉とかまどまで運んできた。水差しを持って行き、手を洗ったあと井戸水をそれに満たして、テーブルに置いた。皿を一枚、ナイフ、フォーク、スプーン、グラスを二個、栓抜き、缶切り、包んだままのパン、缶詰一個、ブルゴーニュの、それも名高い産地の赤ワインを一本取りに行き、皿に盛りつけ、グラスを満たした。『歴史のための弁明』を手に取ったが、思い直してポール・ヴェーヌの『歴史をどう書くか』を開いた。栞をはさんでおいた、終わりから数十頁のところだ。まる一日なにも食べていなかったのに、男は食べ物とワインを、ぼんやり口に運びながら、本を読みはじめた。いっとき、男は顔をあげた。大きな家に、車が一台入ってきたのだ。エンジンが止まり、ドアがいくつか閉まる音がした。男はまた本に戻り、食事をとり終えた。食事を終えてからも、長いあいだそのまま読書をつづけた。どれほど濃厚で、どれほど難解な一節であれ、注意深く、つねに同じリズムで、ゆっくりと読み進めた。読み了えると、立ちあがって缶詰をビニール袋に投げ入れ、汚れた皿を洗い桶に入れて、残りものを片づけた。それから井戸まで歯を磨きに行った。家をひとまわりして土手にあがり、隣の家を観察した。南側の壁の前の芝生で、少女がひとりで遊んでいる。いつまでも独り言をいいつづけ、座ったり立ち上がったり、少し走ってみたり、威圧するように立てた指を振りかざして怒ったふりをしたり、そうかと思うと大声で笑い、挨拶をし、大きな身振り手振りに苦笑いを浮かべ、正確で神秘的な順路をたどりつつケンケンをし、飛び跳ねたり、木のうしろに隠れたりしている。彼女は白く透き通った長い金髪を縦横に振りまいていたが、写真のなかとおなじく、その髪は光を発しているように見えた。男は、土手の茂みに隠れたまま、そこでじっと少女を見つめていた。

日が暮れようとしていた。男はテーブルにつき、窓から射し込む夕陽の赤と、暖炉の黄色い炎にくまどられた薄闇のなかで、夕食を終えたところだった。暖炉では薪の火がぱちぱち音を立てて舞いあがり、思い出したようにそのきらめきを壁に映し出している。ラジオからは、味気ない音楽が、ごく小さな音で流れていた。と、音楽がとつぜん遮られ、それと大差ない単調な人間の声に変わった。男は音量をあげた。

「本日午後遅く、アルベルティ事件担当トマ警部より、報道関係者に対し、次のような公式発表がなされました。〝捜査の初期段階で判明した事実と、鑑識の分析との一致にともない、以下、報告させていただきます。昨夜、零時から二時にかけ、財界の大御所アレクサンドル・アルベルティ宅において、殺戮というほかない事件が発生、アルベルティならびにその六人の部下が殺害されました。七人とも心臓もしくは頭部を一発で射抜かれており、使用された武器は同一のものであります。アルベルティを除く六人は、拳銃、またはリヴォルヴァーを所持し、何人かは武器を手にとる余裕もあったようですが、実際に撃った形跡のある者は、ひとりもおりません。セキュリティ・システムはきわめて精巧なものので、どこにも異常はなく、警察が到着した際にも機能しておりました。付近の住民によれば、なんの物音も聞こえず、またなんの異常にも気づかなかったとのことであります。秘密裡に行なわれたこの大量殺人の凶器は、西郊外のある家の庭で遺体となって発見された、アルベルティのボディーガードのかたわらで見つかり、銃にはそのボディーガードの指紋が残されていました。また、屋敷からはべつに、ふたつの遺体が発見されております。アルベルティの秘書、および新聞記者ピエール・ブレモンの遺体でありますが、ブレモンは『ル・タン』紙で司法関係の時評を担当し、犯罪事件を専門に扱っておりました。秘書のわきで見つかった銃の指紋は秘書自身のもので、銃はボディーガードとブレモン殺害に使用されたものでした。新聞記者のもとからも、やはり本人の指紋のついた銃が発見されており、こちらは秘書を負傷させ、死にいたらしめた凶器であります。ブレモンは、心臓の中央を撃ち抜かれて死亡しておりました。アレクサンドル・アルベルティの所有している車で、自宅の車庫に見あたらなかった一台は、ブレモンが殺害された家の近辺で発見されております。ピエール・ブレモンは、数か月前から自宅にも新聞社にも姿を見せておらず、家族も行方不明になっております。ブレモンの遺体が発見された家は、海外在中の友人の持ち家でありました〟。トマ警部の微に入り細にわたる以上の報告は、故意に、ほとんどマニアックなまでに中性的な口調でなされましたが、この報告を聞くかぎり、以下のように言えるかと思われます。まず、警部は明白な事実を信用していない、でなければ警部は、触れてはならない事件の核心が表沙汰になるのを恐れているということです。本事件をとりわけ衝撃的なものにしているのは、主たる犠牲者となったふたりの人物で、ブレモンはその才能と勇気と独立不羈の精神によって、確たる名声を得ており、その殺害事件にジャーナリスト業界は騒然となっております。一方、欧州屈指の大富豪であったアレクサンドル・アルベルティは、経済活動のすべての部局にかかわる一大帝国を従え、フランス国内だけでなく国外でも、財界のみならず、政治、行政、法曹界にいたる上層部との付き合いがあり、余暇の一部を数多くの博愛運動に割いているばかりか、自ら財団を創立し、わけへだてのない援助を惜しまなかった人物であります。裸一貫からはじめたと申しましょうか、裏を返せば、なにを振り出しに富を築いたのかがはっきりせず、おそらくはこの点に、事件の核心があろうと思われます。警部の控えめな発言が、警察特有の術策によるのか、それとも外部からの圧力によるのか判然といたしませんが、ほかに事件の手がかりを与えうる人物として、『ル・タン』紙の社長アンドレ・マンジャン、アレクサンドルのいちばん下の弟で、相続人でもあるルネ・アルベルティが挙げられるでしょう。このふたりは、トマ警部から長時間にわたる事情聴取を受けながら、黙秘を続けました。もうひとり挙げるとすれば、新聞記者の妻マリー・ブレモンですが、彼女の行方は、警察が鋭意捜索中です」

男はラジオを消した。事実関係の報告は称賛に値するものだった。だが現実の捜査と逆の順序で事実を提示していくと、当たり障りなくならべた純粋な手がかりのもとに、なんらかの解釈を導く論理が、説明の萌芽があらわになり、この論理にしたがっていけば、自分の演出を逆算することができる。とはいえ、おそらくこれは、取りあえずのところで公にされた合算にすぎまい。トマがこちらの存在を抽象的に推論しうるとは思えなかった。いや、かりに自分の存在までたどり着いたとしても、精神的な満足が得られるだけで、物的証拠はなにひとつ見つかるはずがないのだ。

テーブルを片づけて外に出ると、男は家をひとまわりして土手にのぼった。屋敷の南側の壁にある窓は、どれも明かりが灯されている。それら長方形の明かりは、西側の澄んだ、青い空の下の芝生を浸しつつある薄闇を抜けてくるのだったが、あたかも夜が、いまなお天空にあって衰えぬ太陽を襲わんばかりに、地面からのぼってくるようだった。変化に富んだこの光が、景色全体に不思議と胸うつ輝きを与えていた。充足しきった、まったき平安とものうげな心地よさに似た印象がそこから漂い出していた。それは念の入った偶然が取りそろえてくれた事物の、一点非の打ちどころのない美に由来するものだった。窓は七つあり、鎧戸は閉じられていなかった。薄手のものですら、窓ガラスを隠すカーテンの類はひとつも引かれていなかったので、住居のこちら側は、労せずしてほぼ完全に見透かすことができた。左手のふたつの窓から覗くと、そこは大きなベッド、古い簞笥、化粧台、そして数脚の肘掛け椅子が置いてある寝室だった。つづく三つの窓からは、広々とした部屋が見える。食堂兼居間として使われているにちがいない。いちばん手前に見える、長くどっしりしたテーブルの端には、食事の残り物がところ狭しとならんでいた。右手にある最後のふたつの窓はべつの部屋のもので、人影が動いていた。男は土手を降り、隣の家の地所に侵入した。家の付近まで来ると、枝が低く垂れのびている、幹の太い木の陰で動きを止めた。右側の部屋で、寝巻姿の娘が、足を揃えてベッドで飛び跳ねている。メルローは少女にキスをすると、食堂に移ってテーブルについた。マリー・ブレモンは娘を寝かしつけ、話しかけたり顔を撫でたりしながら、しばらく側にいてやり、その後で自分も部屋から出ていった。ふたつの窓から、明かりが消えた。女とメルローは、しばらく話をした。立ちあがってレインコートを羽織ると、メルローはマリー・ブレモンを引き寄せ、きつく抱きしめた。ようやく離れると、彼は部屋の奥に消えていった。玄関の戸につづいて、車のドアの閉まる音が聞こえた。エンジンがかかった。音が大きくなり、和らぎ、やがてしんと静まり返った。女は、子ども部屋のドアを開けた。背後から光を浴びつつ彼女はベッドに歩み寄り、身をかがめ、また身体を起こして部屋から出て行った。大広間のランプを消し、左の部屋に移ると、放心したようにベッドの縁に腰を下ろした。煙草に火をつけ、立ちあがり、部屋を行ったり来たりしはじめた。つけたばかりの煙草をもみ消し、ベッドに長々と寝そべって、身体を小さく丸めた。そうやって自分の身を護り、不安や苦痛に立ち向かおうとしているかのように。やがて身体の力を抜き、足の先から頭の先まで震わせて泣きじゃくった。少しずつ落ち着きを取りもどすと、起きあがって寝室を離れた。ずいぶんたって、彼女はバスタオルに身体を包んで戻ってきた。むきだしになった長い脚と肩がタオルからのぞき、完璧な卵形の顔をとりまく濡れた髪が、背中に張りついている。彼女は手に持っていた服を、肘掛け椅子のうえに投げた。バスタオルを取って、床に落とした。痩せてすらりとしているが、いかにも豊満な躰《からだ》つきだった。ボディーラインは冷やかなまでに理想的で、肌のきめ細かさと躰の動きから生まれる官能性は、並はずれたものだった。まるで絵画の線が、鮮明でありながら実体のない美的な輪郭が、肉体の現実そのものをくまどっているかに見えた。彼女はベッドに横たわり、両腿のあいだに片手を置いた。そして愛撫しはじめた。最初は気がなさそうだったが、やがて手の動きはより正確で、執拗なものになった。悦びに達したようだった。寝返りを打つと、彼女の躰はまたすすり泣きに揺れた。どうにか起きあがって、彼女はドアまで歩いた。窓が翳った。家は闇に沈み、しんと静まりかえっていた。外では、ようやくにして夜が昼を追い払っていた。男は木陰から退き、土手を通って小さな家まで戻った。炉床では、勢いの衰えた火が、闇を透かして青みがかった金色の火の粉を散らしている。男は石油ランプを灯し、それを拳銃や本といっしょに、ベッドのわきに置いた。それからシーツと羽布団のあいだに滑り込んで、本を読みはじめた。ランプを吹き消したのは、ずっとあとのことだった。暖炉の周辺が、燠火の赤らんだ暈に照らされて、ぼんやり浮かび上がっている。窓ガラスのむこうでは、マリンブルーの夜の底に、円い月がのぼっていた。

流しのうえに掛けた小さな鏡の前で、男は髭を剃っていた。時どき、洗面器に張った湯に剃刀を浸す。洗面器の湯が冷めないよう、薪の火がごうごう音を立てているかまどにかけたやかんから、湯を注ぎ足した。男はなにも身につけていなかった。男の身体からは、本能的に自分の身を護り、維持していく、屈強な動物を思わせるこのうえない自立性と、意のままに従い、思いどおりに操ることのできる機械のような従順さが表われていた。本性と修練が可能にした、一種のハイブリッドだった。

顔をすすぎ、背後の椅子のうえに開けておいたケースに、髭剃り道具を片づけた。バスタオルを腰に巻きつけ、革のサンダルを履いて、片手鍋と石鹸を持って中庭へ出、井戸の前で止まる。男は、あたりを見まわしてからバスタオルを取り、全身を洗った。鍋いっぱいの井戸水をかけて、身体じゅうの泡を落とした。陽はすでに高く、暑かったが、水は震えるほど冷たかった。人の声がしたので、男はバスタオルを巻き直した。ほどなくすると、マリー・ブレモンとその娘が、板塀に沿って野道をやって来た。女は軽やかなドレスを着て、髪をシニョンにまとめあげている。娘の方は、白と赤の水着姿だった。マリーは驚いて男を見つめた。そして軽く会釈した。男もそれに応えた。少女は母親の手をひき、誰にでも聞こえるような声で言った。これは内緒だと念を押すときにかぎって、子どもの声はよく響く。

「裸のおじさんだ！」

少女は笑った。そして、さっきとほとんど変わらない大きな声で、付け加えた。

「こんにちは、おじさん」

「こんにちは」と男は言った。

ふたりが地所の起伏のむこうへ下ってゆくのを、その姿が見えなくなるまで、男は目で追った。そして家に戻り、身体を乾かすと、服を着て、もう一度外に出た。道なりにゆっくりと歩いて川の方へ向かい、小さな砂地が見えるところで足を止めた。ふたりは川に入っていた。女の水着は黒のワンピースで、それがボディーラインの美しさと、輝くような肌の白さを際立たせていた。彼女は、ひと目で泳げないとわかる娘の手を放さず、さほど深くはない岸辺の近くから離れないように、しっかり摑んでいる。流れもその辺りまではまだ穏やかだったが、それより先に行くと次第に強まり、川床の中央ではとても立っていられないようだった。彼女たちは長いあいだ泳ぎを楽しみ、水からあがると、砂地で遊んだ。マリーが服を着た。男は踵を返して家に戻り、本を手に取って庭の入口に近いところまで椅子を持ち出し、そこに腰を下ろすと、両脚のうえに本を置いた。漫然とした読書は苦手だった。野道を見張るなら、見張るだけにしておきたかった。やがてふたりが現われた。少女が男に手で合図をした。ためらった末、男はそれに応えたが、われながらぎこちない仕種に居心地が悪くなった。マリーが男を見た。今度はさっきよりもずっと長く。自分も見つめられているのに気づいて、彼女は目をそらした。母娘は家の角のむこうへ姿を消した。それから、ようやくのこと男は本を開いた。

男は川に入った。傾いた川床を歩き、腰までつかる頃には、強い流れが感じられるようになった。頭から飛び込み、腕をなん掻きかすると、底の深い川の中ほどまで来ていた。男は川上に向き直り、速く力強いクロールで、激しい流れに抵抗しはじめた。みごとな泳ぎだった。だが、数分間休みなく泳ぎつづけ、顔をあげてみると、まったく進んでいないことがわかった。今度は川下に向き直り、身体の安定と方向を保つために必要な動きをする以外、あとはかなりの速さで流されるにまかせた。二百メートル下ったところで、男は斜めに泳ぎだし、土手のくぼみから岸にあがった。途切れがちにつづく柳並木と岸辺のあいだにある草地の、はっきりとは見えない小道をたどって、身の回りの品を置いてきた小さな砂地まで戻った。そこで身体を乾かし、服を着ると、野道を通って家に向かった。マリーと娘がこちらに歩いて来るのが見えた。今度は、女は水着のうえになにも身につけていなかった。男はその優雅な動きから目を離さなかった。どことなく気まずい感じで、彼らは挨拶もせずにすれちがった。できれば「流れに気をつけて」だの「気持ちのいい水でしたよ」だのといった、当たり障りのない言葉のひとつ、ただ話しかけるためだけの言葉のひとつでもかけたかった。それができなかったのは、言葉の意味よりも、それを口にするまでの温かい思いやりが重んじられる日常語の、中性的な感じに男がどうしても馴染めず、いざ口にしようとすると、逆説的なことに、かなりの意志と想像力を要求されるのがつねだったからである。男にはそれが、いくらか歯がゆかった。

自分の部屋で、マリーが服を脱いでいる。突然、ほとんど裸のまま、彼女は窓に歩み寄った。夜の闇をつぶさに探っているようだった。彼女がふたつの窓の長いカーテンを引くと、光はすっかり遮られ、いまや鈍く黄色い、ほのかな明かりが漏れてくるだけだった。

男は観察の場を離れて、家に戻った。

ドアの近くの、陽のあたる場所に腰を下ろして、男は本を読んでいた。野道を走りすぎて行く水着姿の少女が見えた。遠くで、マリーの叫び声が聞こえた。

「ジュリー！　ジュリー！」

本を置くと、男は低い門の扉を飛び越え、川の方へ大急ぎで走った。そこから道が砂地への下りになる、起伏の頂までたどり着いたとき、水に入って行く子どもの姿が見えた。彼女は勢い余って前のめりに倒れ、ほとんどすぐに足を取られて流れにつかまった。男は上着を脱ぎ捨て、靴をもぎ取って走りだした。身体に溜めこまれ、無駄のない動作で抑えられていた巨大な力を、一時にすべて解き放ったかのように、男は全力で走った。ほとんど奇跡に近いスピードだった。川の中央の、激しい流れのなかで身をもがきながらどんどん流されてゆく少女から、最も近いと思われる下流の砂地のポイントに的をしぼりつつ道をそれ、少女が流されていく瞬間、土手にたどりつくと、そのままスピードを落とさずに飛び込み、水のうえを数メートル飛んで、彼女の姿が見えなくなった地点よりもう少し下流に潜った。男の手はすぐさま少女の身体に行き当たり、しっかりそれを摑むと、水面に出た。咳き込んで水を吐きながら、少女は男の首に身体じゅう震わせてしがみついた。片手を使って斜めに泳ぎ、もう片方の腕で少女の腰を抱えるようにして、流れに逆らわず岸辺に近づいた。男は両腕で子どもをしっかり摑むと、土手にあがった。もう自由に息はできるようになっていたが、少女はあいかわらず首にしがみついて、ヒステリックに啜りあげている。男は、川上に向かって歩きだした。彼女は少しずつ落ち着きを取りもどし、巻きつけた可愛らしい腕の力をこころもち緩めたかに見えたが、時おり抑え切れずにしゃくりあげて、身体を震わせた。男は、子どもの身体をどう支えていいものかわからず、手の位置をかえては、強くしめつけすぎていはしまいか、それともまだ力が足りないのではないかと案じ、これまでまったく体験したことのないこのぎこちなさに憎しみすら覚え、それがまたいっそう不安をかきたてるのだった。マリーが色をなくして、こちらに走って来るのが見えた。男はそっと少女を身体から離し、母親に差し出すと、彼女は娘をきつく抱きしめてキスでおおい、「どうも、ありがとうございました……」と声にならない声で言って泣きだした。男は、無言でその場を離れた。野道をひき返して上着と靴を拾いあげ、帰宅すると身体を乾かし、服を着替え、外に出ないで読書を再開した。なかなか本の世界に戻れなかった。だが、どうしても読まなければならなかった。しばらくすると、男はいつもとかわりなく読書に没頭した。

ノックの音が聞こえた。男は瞬く間に箪笥に近づき、両開きの戸の一方を開けた。これで拳銃に手が届く。

「誰だ?」

「隣の者よ」

箪笥の戸を閉め、ドアを開けに行った。敷居のところにマリーがひとりで立っていた。男はわきに寄って、彼女を通した。見覚えのある、軽やかなワンピースを身につけ、それを支える二本の細いストラップから、むきだしの腕と肩がのぞいていた。彼女は部屋をさっと見渡し、折り畳み式のベッド、テーブルの上の本に一瞥をくれると、無言のまま男を見つめた。やっとのことで口をひらいた。

「わたしが、欲しい？」

「ああ」

「今晩いらして、ジュリーが眠る頃に」

「なぜいまじゃいけない？」

男は、彼女をテーブルにもたれさせた。背後に立って、ワンピースを腰までまくりあげ、下着をおろし、自分も前をおろすと、彼女を貫いた。ワンピースのストラップを腕にそってすべらせ、長い手のなかで、胸をきつく締めつけた。荒々しい抱き方だった。ひと言も発せず、いかなる感情をも表に出さず、いま腕のなかにある躰《からだ》を、故意にじっくりと観察しながら、まるで精神が、肉と肉の粗野な絡み合いとは無縁な、なにものにも依存しない快楽を引き出す行為を見つめる観客となっているかのようだった。だがその悦楽たるや、しばし男が茫然となるほど強烈なものだった。マリーは長い歓びの声をなかば押し殺し、テーブルに躰をあずけたまま、ぐったりしていた。男は彼女から離れると、身なりを整えた。マリーが躰を起こし、男と向かい合った。たっぷりとした丸い乳房の白い肌に、苛立たしげに力を込めた指で、激しくもみしだかれてできた赤い痕が、筋のように走っていた。いまだ快楽のもの憂い名残りに、困惑まじりの安楽に迷い込んだまま、彼女は誰がどう見ても納得するほかない美しさに、いっそう輝いていた。今度は、彼女が服を整える番だった。

「さっきの申し出がまだ有効なら」と男は言った。「今晩出向くことにする」

「ええ」

彼女は出て行った。

野道を塀沿いに歩き、柵を乗り越え、家までの小道を下って、ドアをノックした。マリーが開けてくれた。あっさりしてはいるが優雅な黒い衣装をまとい、ストッキングにハイヒールを履いている。化粧をし、髪も整えてあった。男は広々とした居間に入ったが、その一部は南側の壁にある三つの窓から様子をうかがっていた箇所だとわかった。テーブルには二人分の食器が用意されていた。

「お食事は?」とマリーが尋ねた。

「夕食のために招かれたとは知らなかったな」

「招いた理由なんてべつに……」

「理由はあるはずだ。なぜ来てくれと言った?」

「わかってるくせに」

「言うんだ」

短い沈黙を置いてから、彼女はきっぱりした声で言った。

「抱いてもらうためよ」

「たいていの連中は、寝るまえに物を食べたり、あれこれ喋らないとおさまらない。だが、私はちがう。欲しいのはきみだけだ」

彼女は一瞬ためらってから、寝室へ向かった。男はその後にしたがった。後ろ手に、彼女がドアを閉めると、男は長椅子に腰をおろして、彼女を見つめた。男の前に立ち、じっとしたまま、彼女はこの試練を喜んで耐えていた。ようやく男が口をひらいた。

「脱ぐんだ」

彼女は脱いだ。すべてが取り払われたあとも、男はなお長いあいだ彼女を見つめた。男がベルトをはずし、両腕を椅子のひじ掛けにのせると、彼女はその股間にひざまずいた。前をすっかりあらわにされ、彼女が口を開けてこちらに顔を寄せてくるあいだも、男は彼女に触れもせず、押し黙ったまま、身じろぎひとつしなかった。ただ見つめているだけだった。

彼らはベッドに横たわっていた。マリーは目を閉じていた。疲れてぐったりしたその躰《からだ》が、時どき小刻みに震えていた。まだ消えやらぬ真新しい快楽の、静まりつつある波が、その躰を駆けめぐっているかのようだった。男は彼女の方を向いて、相変わらずあの倦むことを知らぬ吟味をつづけている。男が言った。

「カーテンを引かなかった晩にしたことをするんだ」

不意をつかれ、いくらかむっとして彼女は男を見返した。それから、ぼんやりとした表情で、躰を男の方に向けた。一方の手が躰をすっと滑り、慰めはじめた。自慰そのものの快楽と、男に言われるまま眼前ではしたない行為に身をまかせていることが、すべてない混ぜになって興奮の度を高め、ついには慎みの最後の砦を突き崩した。男が見つめるなか、彼女はこれまで孤独というとめどない自由のなかで感じた以上の悦楽を味わった。男は、彼女を横向きにして、背後から抱いた。

「ところで、腹がへってないか？」と男が口を開いた。

マリーは笑みを浮かべた。

「あなたが来たときに、もう空いてたわ」

彼らは起きあがって服を着ると、大広間に場所を移し、旺盛に食べはじめた。料理はすばらしかった。食事中ほとんどずっと、彼らは口をきかなかった。マリーは男をこっそり観察していた。丁寧なくせに粗野で露骨なところのある言葉遣い、野蛮とすら思える欲望、要求の出し方や見つめ方の、洗練されていながらも倒錯的な匂い。その倒錯した匂いが、彼女のごくありきたりな行為を、これ以上ない羞恥でけがし、恥辱そのものから思いもよらぬ快楽を引き出させるのだった。そして一挙一動の信じがたい巧妙さ。ひらめくものがあってのことなのか、あるいは乱暴なしぐさにおいてすら、ただ機械的にそうしていただけなのかはわからなかったが、男の巧みな動きは彼女にえも言われぬ快楽をもたらしてくれた。疲れを知らぬ肉体に漲る原初の力、そして覗き屋ふうの、醒めきった受け身の姿勢。これらがみな、ふたりきりでいるときの振る舞い以外で目についたあれこれに、たとえば殺風景な家の様子、書物、ジュリーの救助、娘を運ぶときの、あの優しさにあふれた、ぎこちないといってもいいほどの気遣い、そうしていま、眼前の、衒いもなく苦労しているようにも見えない完璧なテーブルマナーなどに加わって、謎めいたパズルを構成し、彼女はそれらのコマをきちんと揃えることができずにいた。

「女性を前から抱くことは絶対にないの？」と、彼女はようやく切り出した。

「ない」

「なぜ？」

「曖昧な体位だからさ。セックスと感情がまじったね。キスもおなじことだ。おまけに見えるのは相手の顔であって、身体ではない。顔が見えすぎる、でなければ身体が見えなさすぎる。私は身体を見ているほうがいい」

「セックスと感情を一緒にしないのね？」

「そのとおり。私にとっては、両者が互いにいい効果を及ぼすことはない」

「ベッドをともにする女性を愛することはできないの？」

「そうは言ってない」

「わからないわ」

「女性を愛し、寝ることはできる。だが、同時にというわけではない」

「どうして？」

「恋愛感情はけがらわしい行為を、つまりは快楽を妨げるからだ。ただし、ひとりの女性を愛し、その女性を肉欲の対象とすることを、交互に繰り返すのも悪くはないだろう。そんなふうに、百八十度相いれない行為を交互に行なっていい思いをするのは、なにも男だけではないと私は思う」

「愛と敬意……セックスと忌むべきもの……なんだか、倒錯してるくせに、ご自分のモラルにだけは忠実な、ピューリタンの言いぐさね」

「悦楽の度を高めるための、たんなる方便だ」

「愛に潜んでる汚れた一面を、ただ利用しようとしてるだけよ。法律にたったひとつの有効性しか認めないのとおなじことだわ。侵犯されるという有効性をね」

「そんなところにまで法律を持ち出されてもらっては困るな」

「そうかしら。法律を作ろうという気にさせるのは、原則として他者への思いやりよ、要するに一種の愛であり、他者主義でしょう」

「きみは言葉をきちんと区別できていない。まず、それぞれの事例にかかわる法規、権利、道徳、哲学、宗教がある。事実これらは他者主義にもとづいていて、いつも破られる。理想ばかりならべた見かけ倒しにすぎないからだ。もう一方に法が、唯一の法がある。自然の法という法がね。この法とは、まさしく法規が忌避すべきと見なしているもの、つまり捕食だの優性だの死だのといったものだ。愛とは、優性の異形だ、みずから規律を任じても甲斐のない、あわれな異形だよ」

「それが本当だとして、あなたは残念に思わないの？」

「どうでもいいことさ。自分で法を作ったわけじゃない。私は法を無視するふりをしないよう努めるだけだ。法に順応している、とでも言っておこう。こんなことでスキャンダラスだと色めいてもらっても、不毛な議論のタネになるのがおちだ」

いま話していることが明々白々たる真実であるかのように、男は慇懃な、熱意のない、ほとんど気乗りのしない声で話していた。

「かならずしも議論ですむとは限らないわ」とマリーが言った。「法の代わりに法規を認めさせようとして行動する人間もいるのよ。それで命を落とす者すらいるわ」

「そういう連中には、死んで得られるものがあるのだろう」

「あなたはなぜジュリーを助けたの？」

「自分の得になると思ったからだ」

マリーは浮かぬ顔で男を見つめた。

「あなたは誰？」

「そんなことを訊いて、なんの役に立つ？」

「なんの役にも立たないわね。あなたの言うとおりよ。ごめんなさい」

ふたりは黙ったまま夕食を終えた。男は立ちあがり、彼女の席までまわると、ナプキンを取って口もとに差し出した。

「嚙むんだ」

「どうする気？」

「ジュリーを起こしてはまずい。嚙むんだ」

マリーは従った。男はナプキンを彼女の頭のうしろで結び、立ちあがらせて、服を脱がせた。指を唾液で湿らせると、尻を押しひろげ、正確な動きで少しずつ開いていった。それから貫いた。ナプキンのせいで、彼女はにぶい声をあげ、逃れようとした。が、男は腰をしっかりつかんだ。マリーは徐々に身をまかせ、テーブルになかば横たわるような前傾姿勢をとって、挿入を助けた。声にならない声で、彼女は呻いた。ことが終わると、男はナプキンをほどいて服を差し出した。相手を見ないで、彼女は言った。

「自分がこんなふうにいけるなんて、知らなかったわ」

疲労と快楽に打ちのめされて、マリーは浅い眠りに落ちていた。男は起きあがり、服を着ると、ドアを開けて、明かりを消した。闇のなかから、彼女の声が聞こえた。

「こんなに感じたの、はじめてよ」

男は部屋を出て、後ろ手にドアを閉めた。窓から射し込む光にうっすらと照らしだされた大広間を抜け、玄関口へ向かった。が、思い返してジュリーの部屋まで行き、ドアをそっと開けてみた。少女は、大きなベッドの真ん中で、ぽつんと埋もれるように眠り、ガラス窓から射し込む蒼白い月明かりに、ほんのりと照らしだされていた。男は運よくそこに居あわせて、この魅惑的な一幅の絵を目にしたのだった。少女はほんの少し口を開き、枕のうえに髪をひろげて、片腕をシーツのうえに、もう片方を胸に置いたまま、仰向けに眠っている。深い眠りだった。愛されていることを疑わぬ子どもや、食足りて暖に安らう猫が眠るときの、あの濃密にして幸福な確信がそこにはあった。男は、午後、少女を腕に抱きながら感じたのと同様の感情にとらわれているような気がした。だが、今度はそれにあらがおうとはしなかった。男にはわかっていた。このドアを開けたのは、自分を不安に陥れたものを、ただもう一度見るためだったということが。

時おり笑い声をあげて動きを止めながら、川岸に近い、流れのゆるやかなところで、ジュリーが熱心に平泳ぎの練習をしている。男は片手で彼女を支え、もう片方の手でその動きを導いていた。少女のやる気を殺がないように、まもなく男はレッスンを中止した。そもそも彼女は、みごとな素質を示していたのだ。半分溺れかけたことがあるのにまるで水を怖がらず、男はそれに驚きつつ、どんな不測の事態が起きても大丈夫なように、子どもから目を離さずにいた。彼女が張り切って土手から離れすぎると、遠慮がちに気を遣いながら腕を取り、土手に連れ戻した。怖くなんかないと彼女が抗議すると、男はこう諭した。

「水は危険だ。溺れて死ぬことだってある。水が怖いのは、それが危ないということしか頭にないからだ。それからきみは泳ぎを学ぶ。水を知り、征服し、同時に恐怖心を克服する術も学ぶ。全部終わったら、好きにしていい。終わるまではだめだ。水が怖くないというのは、水を知らないからだ。水を知らなければ、やられるのはきみの方だ」

「おじさんはどう？　怖い？」

「それほど怖くはないさ。でも水のことはよくわかっている」

「ひとりだったら怖いかもしれないけど、おじさんがいるもの、怖くないわ」

少女は絶対の信頼と、穏やかな確信をもって男を見つめた。彼にとって、それはいわば前代未聞のゲームだった。ゲームをしないということに帰するゲーム、言葉が字義どおりの意味しか持たないゲーム、駆け引きも、戦略も、下心すらないのに、それでも勝者と敗者の生まれるゲームだった。

「おんぶして遠くまで連れてってくれる？」とジュリーが頼んだ。

男が肩まで沈むと、ジュリーはその背後に身体を移して、男の首に手を回した。しっかりと、完璧な水平状態を保つようつとめながら、ぐいと足もとに力を入れると、男は滑らかに移動して中央の早瀬まで行き、そこから川下へ、流れに沿って泳ぎだした。力強く水を掻いたが、それは推進力を生むためというより、自分の上半身と少女の身体が、波に飲まれないよう支えるためだった。水と太陽の戯れが作りだす、金銀にきらめく澄んだ流れに、彼らは運ばれていった。川岸が趣を変えながら流れ過ぎていく。長々と枝を伸ばした木々がつづき、自らの重みに低くたわんだその枝々は、逃げ去る水に黒い葉むらを沈め、息を殺され、葉の落ちた枝先がいく重もの縞を流れに描いているのだが、それもたちどころに消えうせ、褐色とオーカーの地肌をのぞかせた幅の狭い崖は、浸食を受けて凹状にくぼみ、それを覆うように茂る草が、すばらしく生きのいい緑から死に瀕した蒼白い色まで、さまざまな色合いを帯びた髪のごとく垂れかかり、突き出した岩々に妨げられた波は、蒸気のような音をたてて仕方なく迂回していく。なかば草に埋もれた小川との合流点を通りすぎ、蛇行する場所ではカーヴの外縁が深くえぐられて、遠心力でふくらんだ川水が、そこに小石や、砂利や、砂や、泥を運び込んでいる。泥はもう乾いてひび割れていたが、これらが土手に巻きついて小さな浜をつくり、おかげで土手の斜面はなだらかになっていた。聞こえてくるのは、広範囲に小止みなくつづく単調な水の音だけで、それが時どき、崖のあいだを抜ける川に大きく響きわたり、底が隆起して川幅の広くなる場所では分散して、なにか障害物に出会うたびに、そこでまた音にかわった。男と少女は、決して派手なところのない、それらみごとな景観のあいだを流されるにまかせていた。川の両岸に突き出しているふたつの巨大な岩に行く手を阻まれた水が、その周囲を泡立つ縁飾りで取り巻くあたりに来ると、ジュリーはいっそう強く男の首にしがみつき、息を止めた。彼らは幅を狭められて加速した流れの中央を抜けて、全速力でこの門を通りすぎた。それから少女は身体の力を抜き、すっかり満足して笑い声をあげはじめた。しばらくすると、川は穏やかになり、あまりに緩慢になって、漂流は遅々としたものになった。男は土手まで泳いだ。彼らは岸辺沿いの野原をよぎって帰路についた。帰りはかなりの距離だった。ずいぶん遠くまで川に流されていたからだ。はじめのうち、ジュリーは前を走っていた。やがて手をつないで、男のわきを歩いた。最後にはくたびれて、でこぼこした地面が素足ではきつくなり、なかなか前に進まなくなった。男は少女を肩車し、規則正しい大きな歩幅で道なりに進んで、あっという間に出発点の浜へ着いてしまった。彼らは服を着た。

「楽しかった」とジュリーが言った。「この次は、もっと遠くまで行く？」

「そうしたいならね」

「どこまで行けるの？」

「水は海まで続いてる」

「海まで行く？」

「ずいぶん遠いぞ」

「行こうよ」

彼らは野道をまたのぼった。男は小門のまえで足を止めた。

「うちまで来ないの？」とジュリーが言った。

「ああ」

「今日の午後、またおじさんの家に行っていい？」

「もちろんだ」

彼女は駆け足で帰って行った。

ジュリーが中庭に入ってきた。陽のあたる場所で本を読んでいた男は、起きあがって、声をかけた。

「きみにいいものがある」

男は家に入り、すぐに出てきた。小さな弓と、矢と、的を持っていた。みな手製だった。弓はハシバミの木の枝で出来ていたが、早く乾きすぎて木の柔軟性が失われないように、樹皮は剝がされていなかった。村で仕入れた品々の梱包を転用した、丈夫なナイロンの紐が張ってある。握りの部分には、ビニールテープが巻き付けてあった。五本ある矢は、みごとに釣り合いのとれたまっすぐな細い棒で、樹皮を剝がして滑らかに加工されている。事故を避けるため、いくらか丸みがつけられているものの、的を射抜くに十分な鏃《やじり》の部分は、重りとして針金が巻き付けてあった。柄の中央を裂いてはさんだ矢筈は、隙間なく巻きつけられた二本の糸で、きつく、しっかりと固定され、この矢筈と同じ方向にむけられた厚紙の羽根が、どの矢にも取り付けられている。折り畳み式ベッドの入っていた大きなダンボールが的に使われ、そこには七つの同心円が描かれていた。中央の最も小さなエリアは、真っ黒に塗られている。ジュリーは弓と矢を手に取って、念入りにながめた。

「ありがとう」と彼女は言った。「とてもすてき。どんなふうにやるか、見せてくれる？」

男は家の壁に的を立てかけに行った。男が弓と矢を手に取ると、ずいぶん小さく見えたが、扱いの巧みさは文句のつけようがなかった。

「きみは右利きかい、左利きかい？」と男は尋ねた。

「どういうこと？」

「使いやすい方の手はそっちかい、それともこっちかい？」

「こっちよ」と、右手を動かしながらジュリーが答えた。

「そうか。じゃあ弓はもう片方の、うまく使えない方の手で持つんだ、ここの、握りの部分に手がくるようにして。しっかり握るんだ、あまり強く握りすぎてもよくない。武器は野生動物とおなじだ。締めすぎると窒息させてしまうし、締め方が足りないと逃げられる。親指のところに矢を置いて、こんなふうに、人差し指で矢柄を支える。力の入る方の手で、矢筈に弦をかける。人指し指を曲げて、それと親指を使って羽根のついた尻尾の先をつまみ、矢と弦を引く。もう片方の手で、腕をしっかりのばして弓を手前に押す。弓を目の高さまで、利き腕の方の目の高さまでもってきて、狙いをつける。このくらいの距離なら的の中心を直接ねらえる、矢はまっすぐに飛んでいくはずだからね。もっと離れたところに立つなら、命中させたいポイントより少し上を狙わなければならない。長い距離を飛んでいくうちに、矢は少しばかり落ちてしまうんだ。矢がしっかり的に向けられたら、弓幹に矢を固定している人差し指をあげて、柄が親指のうえを自由に滑るようにしてやる。そして、弦を離す」

男は弓を射った。矢は、正確に、的の真ん中に突き刺さった。ジュリーがその場で飛び撥ねながら、声をあげた。

「すごい！　わたしにもやらせて！　わたしにも！」

男は、家のなかに戻って絹のスカーフを取って来ると、弦が撥ねかえって皮がすりむけないよう、それを子どもの左の前腕にいく重にも巻きつけた。ジュリーは教えられたとおり弓と矢を手に取って、なんとかやってみようとする。男は姿勢を少しばかり直してやった。彼女は射った。矢はダンボールわきの壁に当たったが、先端に針金の重りを巻きつけて補強してあったので、砕けはしなかった。少女は何度も射直した。弓はすぐ正確に扱えるようになったが、狙いを定めるのにまだ難があった。男は励ましながら、あれこれ指示を出した。とうとう、彼女はダンボールに命中させた。矢は、いちばん外側の輪に突き刺さった。ジュリーが勝ち誇った声をあげた。

「上出来だ」と男は言った。「でも相手は傷を負っただけだ。殺すつもりなら、真ん中の黒い丸か、二番目の輪に当てなければいけない」

「なぜそんなこと言うの？　ただのダンボールでしょ？」

「本当の敵だと思ってやるのさ。それがゲームだ」

「相手はダンボールのほうがいいわ」

男は黙って、しばらく少女を見つめた。

「わかった」と彼は言った。「相手はダンボールだ。好きなだけ穴をあけてやるがいい。奴はなんとも思わないからね」

「うん」

少女は弓を張り、そして射った。矢はダンボールに突き刺さった。わずかだが、さらに中央に近づいていた。

テーブルに腰を下ろして、ジュリーはサンドウィッチにかぶりつき、時おり、次のひと口を入れる前に、ミルクで喉を湿らせている。目の前にならべられた本を、彼女は見つめていた。

「お話《レ・ジストワール》が好きなんでしょ？」と彼女が言った。

「なぜそんなことを訊くんだい」と男が問い返した。

「だって、おじさんの本に書いてあるもの。ちゃんと読めるんだから」

「いまの質問に答えるのは、なかなか厄介だ。お話は好きでもあり、好きでもない」

「どういうこと？」

「お話を理解するのは好きだが、お話の中身は好きじゃないんだ」

「どんなお話なの？」

「きみが読んでるお話とおなじだよ。いつだっておなじだ」

「『青髭』とか『親指太郎』とおなじ？」

「そうだ。力と悪だくみのお話だ」

「あたしは好きなんだけどな、そういうの」

「青髭が奥さんを殺したり、親指太郎のお父さんとお母さんが子どもたちを森に棄てたり、親指太郎が自分から進んで、娘たちを鬼に食わせたりするところも好きなのかい？」

「あんまり」

「じゃあそういうお話の、どこが好きなんだい？」

「鬼や青髭が殺されるところとか、悪者が罰をうけるところよ」

「お話でいちばん重要な人物は、悪者だと思わないかい？」

「思うわ。悪者がいなかったら、きっとお話ができなくなるもの」

「そのとおりだ」

「それにお話がなかったら、ちょっと退屈するわ。あまり面白くなくなる」

「つまり、面白くなるためには、悪者が必要だってことかな？」

ジュリーが笑いだした。

「うん。そう思う」

「悪者は怖くないのかい？　それから悪者を殺す連中、善玉って呼ばれてる奴らはどうだろう？」

「怖いわ。でも、怖いのって好きよ」

「きみが溺れかけたとき、とても怖かったんじゃないかな」

「うん、とっても怖かった」

「じゃあ、その時は楽しかった？」

「ぜんぜん！　だって溺れかけたのは、本当に起きたことだもの。わたしが怖いの好きっていうのは、笑えるときのことよ」

「要するに、きみがお話を好きなのは、本当じゃないからなんだね？」

「そう」

「おじさんの方のお話は本当だ。好きじゃないというのは、そのためだ。これまでに存在した、大変な数の人々の身に起きた、大変な数の本当の話。それがみんな集まって、ひとつの大きなお話を作っている。話の中身はいつもおなじだ」

「『青髭』や『親指太郎』とおなじ話?」

「そうだ。きみが読んでるお話は、おじさんの話がもとになっている。ちがうのはその語り方と理解の仕方だ。そこが面白いんだ。そこが面白いから、こういう本を持ってる」

「で、おじさんの大きなお話って、ハッピーエンドで終わるの?」

「ああ。まさに終わりがあるという理由でね。いつかは終わりがくる。ハッピーエンドとは、そういうことだ」

ジュリーは、わかったようなわからないような、穏やかで親しげな視線をなげた。サンドウィッチを食べ終えると、彼女は残りのミルクを飲みほして言い足した。

「おじさんの好きそうな、本当のお話をひとつ知ってるわ」

「どんなお話もそうだけど、はじめが悪くて、終わりがいいの。でもいい方の人間が最後に悪者を殺さなくてもすむの、悪者がいないから。わかる？」

「わからないな」

「難しくないのよ。あたしが溺れて、おじさんが助けてくれる。そしてふたりは大の親友になるの。これがそのお話。気に入らない？」

「ほらね、言ったでしょ！」

「気に入った」

男は目を逸らし、しばらく口をきかなかった。それから言った。

「また弓で遊びたいかい？」

明かりを消したあと、マリーがジュリーの部屋から出てきて、ドアを閉めた。男は大きなテーブルに腰を下ろしていた。マリーが男に近づいて、小声で言った。

「あなたにおやすみを言いたいっていうから、帰ったと言っておいたわ」

「なぜそんなことを言ったんだ」

男は立ちあがり、部屋に入った。居間の明かりが部屋に差し込み、ベッドまで届いた。ジュリーがこちらを振り向くと、ドア枠のなかに、大きな人影が見えた。

「帰ってなかったの?」

男は近づいた。

「おやすみを言いに、戻ってきた」

「今日はとても楽しかったね」

「ああ」

「明日またやる？」

「きみがやりたければね。おやすみ、ジュリー」

「おやすみ」

男は部屋を出て、ドアを閉め、また腰を下ろした。マリーが声をかけた。

「今日のこと、あの子から聞いたわ。とても幸せそうだった」

しばらくためらって、彼女はつづけた。

「あなたのこと、とても気に入ってるのよ。悪く思わないでね。まだ小さくて、人を好きになるのがあなたの言うように異常だなんて、わからないんだから。子どもがなにかを好きになるのは、ごく自然なことよ。逆説を説いてもしようがないわ」

男は微かな笑みを浮かべた。少し間を置いて、マリーが言葉を継いだ。

「父親が留守にしがちだったの。仕事、仕事で」

ふたたび、間があった。

「死んだのよ。殺されたの。あなたの言う、法規と法のお話っていうやつね」

「愚行が報いをうけることもある」

彼女は驚いて男を見つめ、それからむっとして答えた。

「なんの権利があってそんなことが言えるの？　夫のことなんて、これっぽっちも知らないくせに」

男は冷徹に、ほとんど辛辣な口調で言った。

「私が知っているのは、こういうことだ。その人間になんの取り柄もなければ、人生にもまったく意味はない。そんな人間が命を落としても、どうということはない。なにか特別なもの、たとえばあの子のように特別な存在があったとしても、その大切さがわかっていなければ、おなじことだ。無自覚は貧困と大差ないんだ、それが罪ある貧困だという点をのぞいてね。貧困における死とは単なる論理の問題であり、罪ある貧困、すなわち無自覚においては、それは制裁だ。愚行の報いと呼んだのは、そういうことだ」

「愚行、愚行って、なにを指してそう言ってるの？」

「子どもに泳ぎを教える代わりに世の中を救うといった行いさ」

「あなたに夫を判断する権利はないわ。あなたはなにも知らないのよ」

「私が知っているのは、きみから聞かされたことと、自分で理解していることだけだ。こちらからは、なにも尋ねたりしなかった」

「それはそうね。あなたはわたしに、なにも要求しなかった。あなたの娼婦になれということ以外は」

「悔やんでるのか？」

彼女は目をそらし、しばらく口をつぐんだ。そして、おだやかな、いくらか疲れた声で言った。

「いいえ。昨日の晩、自分で言ったことを撤回するつもりはないわ。あんなに感じたこと、これまでなかったのよ」

「それなら娼婦じゃなく、ただの女性ということだ。娼婦は感じたりしない」

彼女は男を見つめ、立ちあがると、自分の部屋に向かった。男は彼女のあとをついていった。

矢が的をめがけて飛んだ。先端が、鈍い音をたててダンボールを貫き、いちばん内側の円のなかで動きを止めた。ジュリーが声をあげた。

「見に来て！　見に来てったら！」

男は、少し離れたところで、椅子に座って本を読んでいたが、立ちあがると的の近くまで行き、少女をほめた。はっと、男は顔をあげた。屋敷の方から、エンジンの音が聞こえている。一瞬のうちに男は家に入り、拳銃をベルトに差し、それを上着で隠して飛びだしてきた。エンジン音は途絶えていた。扉の閉まる音が聞こえた。男はジュリーの手を取り、家のなかへ連れて行きながら、こう言った。

「そこでじっとしてるんだ。外に出ないように。おじさんが探しに来るまで、絶対に姿を見せちゃいけない。おじさんか、きみのママか、そのどちらかだ。他の人が来ても、絶対に出ないように。わかったね？」

「これはゲームなの？」

「そうだ。ゲームだ。わかったね？　ママかおじさんならいい。他の人が来ても、出てはだめだ」

「わかった」

男は、後ろ手に注意深くドアを閉めて出て行った。野道を通らずに家をひと回りして生け垣を抜け、木陰に身を隠しつつ芝生を突っ切って走りだした。南の正面まで来ると、大広間の窓のすぐわきの壁にぴたりと身体をつけた。窓は開いていた。ちらりと中を覗いてみると、マリーの前にメルローが立っていた。

「ひと筋縄ではいかなかったけれど」とメルローが言った。「これで一件落着だ。欠けているコマはすべて揃った。だから書類を取りに来たんだ。もう誰にも奪われることはないよ。大変な騒ぎになるだろうな。ぼくはすぐに戻る。特別号は、今晩のうちに刷らなきゃならない。きみも来るだろ?」

「いいえ。わたしはあとから行くわ」

メルローは彼女を見つめた。

「なにかまずいことでもあるのかい、マリー」

「大丈夫よ」

「どうしたんだ?」

「なんでもないのよ。書類を取ってくるわ」

彼女はドアのむこうに消えると、中身がいっぱいに詰まった書類鞄を持って戻り、テーブルのうえに置いた。メルローは鞄を開けて、ポケットから出した書類の束を、そこに滑り込ませた。

「なにがあったのか言ってくれ」とメルローはもう一度尋ねた。

「なんでもないのよ。これで終わったのね。結構なことだわ。まだ少しばかり現実とは思えないところがあるけれど。あなたはもう行ってちょうだい」

メルローは物思わしげな目で、彼女を見つめた。書類鞄を手にすると、メルローは玄関口の方へ行き、ドアを開けた。と、思う間もなく後ずさりした。ふたりの男が、マリーとメルローにオートマティックを向けて、居間に侵入してきた。三人目はかなり若く、品のいい優雅な身ごなしの男で、丸腰で入ってくると、丁寧な挨拶をした。

「自己紹介させてください、奥さん。ルネ・アルベルティと申します。あなたの方は、わたしをご存知だと思いますがね、メルローさん」

彼はまだメルローの手にある書類鞄を、注意深く見つめた。

「なるほど」と彼はつづけた。「これが例の書類というわけですか」

笑みを浮かべながら、彼はマリーとメルローを見やった。

「なぜわたしがここにいるのかではなくて、どうやってここに来たのかが気になっておられる。車四台で無線連絡を取りあえば、勘づかれずに尾行するのもさして難しいことではありませんでしたよ、メルローさん」

「どうやってぼくに目をつけた?」メルローはかろうじて尋ねた。

「マンジャンですよ」

「嘘をつけ！」

「嘘をついてなんの得があるんです？　マンジャンがあなたの役割とブレモン夫人の役割とを、ぶちまけてくださったわけでしてね。彼をあまり悪く思わないでいただきたいものですな。わたしどもは奥様の方をお預かりしていたんですよ。マンジャンもそうでしたが、どんなに勇敢な男でも、見るに忍びないことがあるものですからね」

「彼をどうした？」

「申しあげたでしょう、メルローさん、マンジャンもそうでしたが、と。あなたの質問は、これで原理的に意味をなさなくなる。つまり、マンジャンは死んだ。奥様もね。残念ながら、書類を始末するのに証人を生かしておいてはなんにもならないということくらい、ご理解いただけるでしょう。尾行したおかげで、あなたがどんな方々と接触なさっているかもわかりましたし、皆さんにお黙りいただくこともできたわけです。この事件には死者が出すぎました。ありがたいことに、おふたりがこれで最後になるでしょう。この点に関して申しあげますならば、奥さん、お嬢さんがここにおいでにならないのは、まことに幸甚に存じますし、わたしどもが立ち去るまで姿を現わさないでいただけることを切に望むものですな。お嬢さんがいらっしゃると、まぎれもなく良心の問題にかかわってきますのでね」

マリーは抑制のきかない震えに襲われた。と、二発の銃声が轟いた。ルネ・アルベルティの部下が、ともに顔面血だらけになって崩折れた。アルベルティは度を失って窓の方を見やり、両手をあげた。男が、アルベルティに武器を向けたまま、窓の下枠に片手をかけて部屋に飛び込んできた。

「外に何人残っている?」と男は訊いた。

「ひとりだけだ。」弱々しい声で、アルベルティが応えた。

「ドアを開けてそいつを呼べ。〝来い〟とだけ言うんだ。あるいは〝みんな来い〟とだけな。ひと言でも付け加えたら命はない。〝来い〟と言ったのに、〝どちらがですか〟と訊いてくるようなことがあったら、やはり命はないと思え」

「ふたりだ」とアルベルティはあわてて言い直した。

男はすばやくアルベルティの身体を探り、武器を持っていないことを確かめ、腕を取って乱暴にドアの方へ突き出した。

「部下を呼んだら、コートのポケットに両手を入れたまま、ドアに背を向けて居間の中央まで戻るんだ。やれ」

アルベルティはドアを開けた。男はその後ろに身を隠した。アルベルティが声をあげた。

「みんな来るんだ！」

その声はまるで蛙の鳴き声のようだった。アルベルティはポケットに両手をつっこんで、部屋の中央まで歩いた。ふたりの手下が入ってきた。お抱え運転手の制服を着た二番目が崩れ落ちた。首筋に穴があいていた。先を歩いていた方は振り向きざま眉間に一発くらい、両腕をひろげて仰向けに倒れた。ルネ・アルベルティは、銃声が轟くたびに飛びあがったが、その場を動かなかった。恐怖で口もきけず、マリーとメルローは目を見開いている。

男は外の様子をうかがい、ドアを閉めると、アルベルティの正面に陣取った。ズボンが濡れ、尿が床に広がっていた。男は引き金をひいた。ルネ・アルベルティは、汚れた寄せ木の床に倒れた。男がマリーに言った。

「警察に保護してもらうんだ。連中はきみたちの手に負えない」

男は死体を指差しながら、メルローの方を向いた。

「こいつらを隠すんだ。じきにジュリーが来る。あの子に見られてはまずい」

「あなたは誰？」とマリーが叫んだ。

「どうでもいい。自分でそう言ったはずだ。忘れたのか？」

「あなたは誰なの？」

男は外に出て、もう一度まわりの様子を調べた。そして野道を下り、家に戻った。ジュリーはおとなしく折り畳みベッドに座っていた。

「家に戻るんだ、ジュリー」

「ゲームは終わったの？」

「ああ」

「おじさんのゲーム、あんまり面白くないわ。わたし、なにもしなかったのよ」

「そんなことはない。たくさんのことをしてくれたよ。おまけにきみの勝ちだ」

ジュリーは笑いだした。弓と矢を摑んで、彼女は出て行った。

「的も持って行くといい。」男は少女にダンボールを差し出した。そして彼女の方にかがみこみ、両頰にそっとキスをした。彼女もキスを返した。

「さあ、もう行くんだ」

彼女は大きすぎるダンボールを引きずりながら、小道をのぼって行った。男は、その姿が見えなくなるまで目で追った。家に戻ると、簞笥からスーツケースを取り出した。しばらくそれらを見つめて、テーブルに腰を下ろした。そこでじっとしていると、ドアが開いた。男は瞬時に立ちあがり、上着の下の銃床に手を滑らせた。が、この動作は純粋な条件反射で、視線はうつろなままだった。マリーの声が聞こえて、男はようやく我に返った。

「あなたが誰で、なにをしたとしても、わたしにはどうでもいいの。」穏やかだがはっきりとした声で、彼女は言った。「あなたを愛してるわ」

男は後ずさりした。マリーから目を離さずにスーツケースの二重底を開けると、そこから写真と手紙を引き出して、テーブルの上に投げた。マリーは呆気にとられたように、身動きひとつしなかった。

「私を愛しているのか?」と男は訊いた。

長い沈黙があった。彼女は泣いていた。

「ええ」と、やっとのことで、吐息まじりに彼女は応えた。

男は出て行った。ファサードに立てかけてある椅子のうえに本が見えた。あと少しで読み終わる。男はそれを手に取り、納屋まで行くと、車に乗り込み、走り去った。家の前を通ったとき、開いたドアから、さっきの場所でじっと動かずにいるマリーの姿が、ちらりと見えた。

「ひとりの男が山道を歩いているとする。男はつまずき、断崖から墜落する。この事故が起きるために結びついた決定要因は、相当な数にのぼるにちがいない。にもかかわらず、墜落の原因がなにかと問われれば、誰もがこう応えるだろう。踏みはずしだ、と。墜落の直前に起きた、踏みはずしということの出来事が、事故を引き起こす要因として、それ以外のものより必要の度が高かったから、というのではいささかもない。同程度に欠かせない要因は、ほかにいくらもあった。だが、とりわけこの踏みはずしは、著しい特徴を数多く備えている点で際立っている。踏みはずしこそ、いちばん最後に生起した出来事なのであり、世界全体の秩序のうち、最も安定度が低く、最も例外的なものだったからである」

男は読書を中断し、車の窓から外を眺めた。木立ちのあいだに覗いている空き地はいわば闇の井戸で、丸みを帯びたその壁面は、むきだしの丈高い松の幹で作られている。松は先へゆくほど密な羽根飾りのように広がっていたが、この闇の井戸が、暮れ方のほの暗い光に口を開けていた。木々の煉瓦を積みあげた縦穴のなかで、林道の出口はまるで亀裂のようにみえる。遠く、聞こえるか聞こえないかに奏でられる規則正しい波の音が、夜の静寂にリズムを刻み、柔らかな黄昏のなかで本来の姿に返った自然が、法のひそやかな輝きを見せつけていた。

本に視線を落とすと、闇はさらに濃くなって、読書に支障を来すほどになっていた。男は天井灯をつけて、先をつづけた。

「だが、明確な意識だけが心理ではない。歴史書を読んでいると、そのなかには、人間がもっぱら理論に則り、意志的に行動しているかのごとく書かれたものがある。人間が行動を起こす理由は、すべて完全に説明できるというのだ。精神生活と、精神の底にひそむほの暗い内面を解きあかそうとする研究の現状に照らし合わせれば、こうした考えこそ、それぞれ諸科学が直面している果てしない困難さを示す、さらなる証拠である。すなわち、それぞれの科学が、互いに、正確に、時代を共有しつづけることがどれほど困難かを証しだてているのだ。それはまた、昔ながらの経済理論の過ち、しかもあれほどしばしば非難をあびてきた過ちを、増大させつつ反復することでもある。この理論に言う〈ホモ・エコノミクス〉は、ひたすら自分の利益だけを考える人間だとされてきた。しかしそれだけの理由で〈ホモ・エコノミクス〉が、実体のある存在になったわけではない。人間は自分の利益をこれほど明瞭に意識できるわけではないのだ。それをできる、と想像したところに、最大の錯誤があったのだ」

男は読書を終え、本を閉じた。ブレモンに問いをぶつける自分の声が聞こえてきた。「最期の最期に及んでも、なお知りたいことがあるというわけか?」そして、いずれもひとつの思想のために命を落とした、この書物の著者たる歴史家とジャーナリストを結びつけ、歴史家の言い分によれば相対的なものでしかありえないこの思想なるものが、いったいいつから、かくも過激な行動に走るだけの価値を有するようになったのか、と自問した。

逆に、わが身を振り返ってみて十分想像できたのは、明晰さの喪失が、いかに《理論に則った意思》を蝕み、致命的なものとなりうるか、ということだった。男は本を手に取ると、見返しを破って、書きはじめた。

《マリー・ブレモンに。

愛が自然の法という暴力に囲まれた、ひとつの異形であるとの考えを、曲げる気はない。そして歴史とは、われわれ人間に適用された法を徐々に意識してゆくことであり、人間はたえずこの法を拒もうとしながら、結局は拒み切れずに終わってしまうのだが、歴史そのものがすでにひとつの異形なのだ。それは生ける物の寿命によって取り巻かれた偶然のエピソードであり、物質の永遠性なのであって、どちらも単純な規則にしたがっている。にもかかわらず、たぶん物質も、生物も、規則も、そして偶然までもが、ひとつの意味を――まずは計画を、それから弁明を――見いだすのだ、この明日なき二重の異形、愛の物語という二重の異形を完遂することのなかに。こんなふうに考えるに至ったのは、きみとジュリーのおかげだ。いまはもう、ほかになにも目に入らない。自分の立場とこれまでの振る舞いのせいで、私には愛というこの不条理な合目的性を生きぬくことすら禁じられている。またこの合目的性が、法に戻ろうにも道を塞いでしまっているのだ。私にとってこの合目的性は、だから結末という言葉の、もうひとつの意味を取ることになる。》

男は、自分の書いた文章を読み返し、しばらくぼんやりと物思いにふけっていた。それから紙をまるめると、灰皿に置いて、火をつけた。男は紙が燃え尽きるのを見届け、ベルトから拳銃を抜いた。かすかな銃声が響いた。鳥たちは不安げに口を噤み、その場を離れた。だが、ほどなくすると、彼らは音も動きもないことに安堵して舞い戻り、枝々を小さく飛び交いながら、いつもの歌声を聞かせはじめた。夕べが空の青みを黒く変え、両側を木々に囲まれた空き地のなかで夜に変わろうとしている。木立の中央にある車の窓ガラスから、黄色い光が漏れていた。そして、この人工的な光に、はじめのうちこそ警戒していた野生動物たちが、最後には近寄って来た。

訳者ノート

ミシェル・リオ『踏みはずし』(Michel Rio, *Faux pas*, Les Editions du Seuil, 1991, 123 p.) は、夢と論理が相互に嵌入《かんにゅう》し、にがい諦念に似た読後感を残してくれる小傑作である。

＊

ミシェル・リオはブルターニュ地方に生まれ、父親の仕事の都合により、幼年時代をマダガスカルで過ごしている。大洋と船は彼の原風景であり、作品の多くをかたどる器でもある。マダガスカル時代、リオは学校へ通わず、母親から個人授業をうけて育った。手つかずの自然が残された国立公園、インド洋に面した延々三十キロにおよぶ砂浜。自然と親しみ、時間と空間に拘束されない日常を送ったせいか、帰国後、母国の学校教育になじめなかったという。それどころか、宗教、政治、家族など、集団を基礎とするいっさいの思想を嫌い、あらゆる位相の集団生活とそりがあわなかったらしい。同じ土地で同じように生活していた姉の方は、きわめて社交的だったそうだから、他人と行動することに対する生理的な嫌悪を、大自然のみに帰すわけにはいかないとしても、リオが生来、孤独を好む人間だったのは確かなようだ。彼の主人公たちの孤独な相貌には、作者自身の影がある程度まで反映している。

*

漠然と「文学」に魅了されるまま、リオは修士課程まで「文学研究」とつきあい、やがてそれを放棄する。文学に挫折したとか、飽き足らなくなったとかいうのではなく、事情はもう少し複雑で、作家の生涯や登場人物の心理分析などに翻弄される曖昧な「研究」を離れ、じぶんで書くことへ直接はねかえってくる、根源的な言語の規範を探ろうというのが本音だったようである。そこにはたぶん、一九七〇年代を席捲した構造主義や言語学の影響もあるだろう。とにかくリオはパリ高等学院に登録して言語学の研究に打ち込み、言語によるイマージュの把握に関する博士論文に取りかかる。その成果の一部は、七〇年代後半の『コミュニカシオン』誌に発表されたのち、評論集『論理の夢』にまとめられたが、学術論文を目的とする研究はおよそ八年で中断され、一九八一年以降、リオはフルタイムの作家活動に入る。一九八二年の処女小説『北の憂愁』を皮切りに、一九九三年の『不確実の原理』まで、九冊の小説と、戯曲、評論などを世に問うている。

＊

このうち、一九九二年のメディシス賞を受賞した『トラクイロ』は、独立して書かれてきた作品群を、ひとまわり大きな構想で再生産したもので、海洋小説の興趣をそなえた、リオの中では最も厚みのある小説に仕あがっている。友人の古い帆船を修理して、ブルターニュの港からノルウェーに向かい、その途中、浸水で沈没の危機にあう『北の憂愁』、おなじくブルターニュに浮かぶジャージー島の寄宿学校で過ごした一時期を描く『列島』（一九八七）、大叔父の遺産を手にした語り手が、スクーナーで世界周航に出て海難にあい、漂着した島で二年間を過ごす『貿易風』（一九八四）など、リオの真骨頂ともいえる海洋を舞台とした作品に共通する語り手「私」が、『トラクイロ』ではじめて同一人物として自伝的な整合性をあらわにする。これまで長篇小説のシノプシス程度の分量しかなかった個別の作品が、大河とは言わないまでも、中規模の本流をつくりだしたのだ。

逆にいえば、『踏みはずし』は、リオ本来の舞台設定をあえてはずした作品だということである。財界の大御所の卑劣な過去を暴こうとするジャーナリスト、それを阻止するべく雇われた殺し屋、危険な書類とともに身を隠しているジャーナリストの妻と娘。書き割りだけ見ると安手のミステリーとしか思えないのだが、事実フランスで刊行されている推理小説年鑑の、一九九二年版には、本書がまぎれもないミステリーとして記載され、「不気味なまでの冷徹さと暴力、まじりけのない官能性をそなえた、仮借ないほど濃密なこの短い物語は、小さな宝石だ」との評価を受けている。

＊

とはいえ、名前の与えられていない主人公――彼は最初にまず「ひとりの男」と提示され、その後《l'inconnu》、つまり氏素性のはっきりしない、未知の男と呼ばれているのだが、この三音節の語感を生かし、またニュートラルな雰囲気をだすため、拙訳ではあえて「男」という訳語を当てた――は、これまでリオの登場人物たちが突き動かされてきた原理のようなものを、まちがいなく踏襲している。不可能を可能にしようとする、向こう見ずだが緻密な理論に基づいた行動、いまわしいがゆえに強烈な快楽をもたらす倒錯的な性向。そして一点の瑕もないその理論が、ある不測の事態をとおして崩れていくという図式。リオの小説からは、つねにある種のやり切れなさ、所在なさ、救いのない失墜感が滲み出ている。「どのお話もおなじだ」という「男」の言葉を借りるまでもなく、彼らにはみな、どこか心の片すみで自論のほころびを期待している節があるのだ。破綻していく理論の、夢のような甘さと苦さ。それがミシェル・リオの特徴のひとつだとするなら、『踏みはずし』は舞台装置の相違にもかかわらず、彼の精髄を最もよく伝える作品だと言えるだろう。

*

まずリオの主人公たちは、いちように「孤独」である。『踏みはずし』の「男」はつねに一匹狼として行動し、みずからのゲームの規則から外れる人間とのコミュニケーションを、かたくなに拒んでいる。おのれの信条と現実との隔たりを意識してもいて、それが「冷酷さと憂愁」という、相反する要素となって彼を苦しめている。感情を排した眼差し、本能と修練が可能にした肉体のハイブリッド。なかでも物語の緊迫した展開を、いつも靄のように包んでいるのが、「憂愁」すなわち「メランコリー」である。

＊

登場人物の外貌を説明するのに、いまや救いがたく俗化され、手垢のついたこんな単語を堂々と書きつけてくる以上、そこにはリオの意図がはっきりあらわれているはずだろう。なにしろ処女作のタイトルにも採用しているくらいなのだ。幸いある雑誌のインタヴューで、リオはなぜ「メランコリー」という単語に固執するのか、その理由を語ってくれている。それによると、いちばん重要なのは、この言葉の文学史的、絵画史的な背景だという。悪魔は悪の化身ではなく、周囲に理解されない孤独な魂の持ち主だとするロマン派の「メランコリー」。もしくはデューラーからゴヤにいたるまでの「メランコリー」の系譜。ことにデューラーの《メランコリア》は、リオにとって抜き差しならない位置を占めている。いつかは死すべき肉体の世界を科学的に解明し、消滅するとわかっているものを理論でつきつめ、乗り越えようとする姿勢。これはまぎれもない背理であって、この背理こそが「メランコリー」を生んでいるというのである。

＊

『踏みはずし』の主人公を動かしているのも、じつはこの背理である。彼はじぶんのなすべき行動を、徹底的に理詰めで考えぬき、それを実行しようとする。だが、彼の完全主義は、完璧を指向するあまり、ほとんど夢のような――アラン・ナドーの言葉を借りれば白昼夢のような――眩暈をもたらしている。「男」がブレモンの隠れ家を調べるときの合理的かつ執拗な手順、アレクサンドル・アルベルティを殺す場面の、外科手術を思わせる完璧さ、あるいは田舎家での生活に必要な物資を整理するときの、マニアックな手つきが、それを端的に示している。目的を遂行するのに最適のタイミングと場所を、頭のなかでいく度もシミュレーションしてもたらされた彼の行動は、あまりに整然としているがゆえに、かえって非現実的な印象をあたえてしまうのだ。「男」のなかでは、理に徹する「理論家」と、理によって不可能とされる事態を可能にしようとする「夢想家」がせめぎあっている。「メランコリー」とは、両者の合意と葛藤から生まれる状態にほかならず、それがフィクションを動かす機軸なのだとリオは述べている。理論家はおのれの理論の行き詰まりに、夢想家はあらかじめ敗北が決まっている理論の範疇であらがうことに、言い知れぬ憂いを味わう。リオが「男」のイメージを決定するうえで、冷酷さと憂いは、きわめて重要な要素なのである。

＊

憂いというより、そんな敗北に近い印象は、じつはもう原題によって、かなりの程度まで決定されている。《Faux pas》とは、躓き、踏みはずしを意味するごく日常的なフランス語で、思わぬところで足場を失って倒れるような場合に用いられるのだが、物語の後半で「男」を見舞う出来事とその顚末を示すのに、これほどふさわしい言葉はないだろう。フランス文学・思想に関心のある者なら、あるいはモーリス・ブランショの同題の文芸評論集『踏みはずし』（粟津則雄訳、筑摩書房）を想起するかもしれない。時評の形を借りて、言語と死、書くことと死の必然的なつながりについてめぐらされた、この強靱な思索の書についてここで触れる余裕はないけれども、数年にわたって言語学を究めようとしたリオが、ブランショの書物を視野に入れていないとは考えにくい。「男」の最期はいくらかなりとも「書くことの災厄」を連想させるし、そこにはこの批評家への目配せがあったと見ていいのではあるまいか。

しかし『踏みはずし』というタイトルは、現実にはブランショに倣っているのではなかった。本書の発想と仕掛けは、べつの書き手の著作から——物語の冒頭、「男」がブレモンを殺害した書斎で見つけ、そのまま持ちかえった、マルク・ブロック『歴史のための弁明』から汲み取られている。物語がいよいよ終局を迎える直前まで「男」はこの本を読みつづけ、最期に読んだ頁には、「踏みはずし」の一語が刻まれている。みずからのルールに従って生きてきた主人公が、そのルールの破綻を悟って命を絶つ前に引かれた一節で、ようやくタイトルの原義が明らかにされるのである。

＊

マルク・ブロックはユダヤ系の歴史家で、リュシアン・フェーブルとアナール派を組織したことで知られている。第二次大戦中レジスタンス運動に身を投じたかどで、一九四四年六月十六日、彼はゲシュタポに処刑された。思想のために命を落とした人間として「男」が挙げているふたりの男のうちの一方は、痛ましい最期を遂げたマルク・ブロックを指している。『歴史のための弁明』(邦訳は讃井鉄男訳、岩波書店、一九五六年)は、大戦中に書き継がれた未完の原稿を、戦後、リュシアン・フェーブルが編集したものである。ひとつの歴史が生まれるまでに考えられうる諸々の原因のうち、いちばん最後に、ほとんど突発事故のようにして起こる予測不能な事態、しかし避けようと思えば容易に避けられたであろう事態が、終わってみると直接の原因と見做されてしまうという逆説。その譬えとして、ブロックは山道を歩いている男の転落事故を挙げている。太古の造山運動でたまたまそこに山ができ、偶然そこに道が引かれ、天候が悪くて足もとが滑りやすくなっていた類の、さまざまな遠因の連鎖を無視した「踏みはずし」という不測の出来事が、転落事故を招いた直接の原因とされてしまうのだ。「男」にとっても、夢見る者と論理を追求する者との折りあいは、不意の転落事故のようにやってくる。マリー・ブレモンの写真に一目惚れし、ジュリーとの演じてはならないゲームのなかで、禁忌のやさしさに触れてしまったことが孤独を深め、もはや後戻りできない場所まで彼を連れて行く。折りあいは、ここでそのまま死を意味している。リオの引用がブロックの全文ではなく、巧みに取捨選択した一種の要約であることにも、本書の仕掛けに「踏みはずし」の一語をもってきた理由が、はっきりとあらわれている。

＊

リオの特質としてもうひとつ、その古典的な文体を挙げておかなければならない。文章の高い音楽性が、登場人物たちの会話にうかがわれる強烈なアイロニー、諦観、逆説、強迫観念などの、いい意味で閉じた知的な面白みと連動して、最近のフランス小説ではあまり類例のない、硬質な世界を作りだしている。読者は物語の進展と同時に、十九世紀的な、骨格のしっかりした長い文章の進展に沿って、ただ文章のリズムに飲まれるようにして読み進めて行くことができる。十九世紀と限定したのは、リオの傾倒する作家がフローベール、バルザック、ゴーチエ、ヴィクトル・ユゴー、新しいところでもコンラッド止まりらしいからだ。なかでもユゴーに対する評価は相当なもので、ユゴーは彼にしか書けない独自のサンタックスを持っていた、とリオは言い、あまり注目されることのない『海の労働者』を、世界文学の最高傑作に推している。

＊

フランス語には、関係代名詞や、名詞・形容詞の性数の一致を利用して、どこまでも文章をのばしていけるという特質がある。リオはそれを十全に活用し、意味の豊饒さと言葉の音楽性が最高点に達するまで推敲の手をゆるめない。いま書いている文章に満足できないと、次の文章には進めないというほどの徹底ぶりで、一行書くのに数時間、ときには数日間かけることも珍しくないらしい。一日九時間、タイプ原稿で一頁が最も平均的なペースだというから、副業があったらとても成り立たない書き方である。教師や出版社顧問といった実入りのある仕事を拒み、ひたすら書きつづけて、年に一冊、二百頁に満たない作品を仕あげる。楽譜も楽器もなく、言葉のなかに意味も旋律もすべてたたきこまれている文学こそ真の音楽だとするリオの立場は、このフローベール的辛苦からも察せられる。拙訳では、長い文章はできるかぎりそのまま残すようつとめたつもりだが、原文のリズムがうまく再現されているかどうかは、読者の判断を仰ぐほかない。ただ、バルザックを小ぶりにしたような建物の描写や、ジュリーと川下りをする場面の自然描写などにおける単語の配列が、きわめて音楽的に配慮されていることだけは、非力な訳者にも見当がついた。描写の快楽、文章の音楽性は、リオ作品の勘どころなのである。

＊

二年ほど前、白水社から新しいフランス小説シリーズの企画を持ち込まれたとき、ミシェル・

リオを輸入するなら、『北の憂愁』などブルターニュの海と船を題材にした作品から手をつけるのが筋ではないかと伝えたのだが、たまたまその頃、初期の作品を出している版元のバラン社が倒産して（その後バランは活動を再開した）、やむをえずスゥーユ社に移ってからの小説に的をしぼり、『踏みはずし』に落ちついたという経緯がある。本邦初訳となるこの小説の、いい意味でひねくれた面白さが読者に受け入れられれば、海を舞台にした、いかにもリオらしい作品も紹介してみたい。

*

翻訳にあたっては、資料の収集から拙訳の厳密な校正にいたるまでの一切を、白水社編集部の小山英俊氏に負うている。また、Sはいつものように貴重な助言を数多くあたえてくれた。その他いろいろ相談にのってくださった方々にも、心からの感謝をささげたい。

一九九四年八月一日

堀江　敏幸

Uブックス版のあとがき

ミシェル・リオの『踏みはずし』が白水社「新しいフランスの小説シリーズ」の一冊として拙訳で刊行されたのは、もう七年前のことになる。あまり大きな話題にはならなかったが、少数の熱心な読者に恵まれたらしく、少しずつ本が動いて、どうにか生きながらえることができた。訳者として、じつに幸せなことだと思う。刊行後まもなく来日したリオと、一夕、お濠端のホテルのロビーであれこれ語りあったのも、楽しい思い出である。

その後もリオは、本質的な「踏みはずし」へと傾斜してゆく人物を主人公に据えた、哲学的ロマン・ノワールとでも呼びうる魅力的な小説を数冊発表し、着実に世界を深化させている。凝縮されたプロットと緊密な文体、鮮烈な映像とめまいに似た議論の快楽、そしてふいに断ち切られるあの奇妙な読後感も健在だ。これら新作はもとより、海を舞台にした過去の秀作が、いつの日か訳出されることを、読者とともに夢見ておきたい。

親本につづいて、今回も白水社編集部の小山英俊氏のお世話になった。深く感謝いたします。

本書は1994年に単行本として小社より刊行された

白水uブックス　138

踏みはずし

訳　者©　堀江敏幸《ほりえとしゆき》
発行者　川村雅之
発行所　株式会社　白水社
東京都千代田区神田小川町3-24
振替　00190-5-33228　〒101-0052
電話（03）3291-7811（営業部）
（03）3291-7821（編集部）
http://www.hakusuisha.co.jp

2001年　7月　5日印刷
2001年　7月20日発行

本文印刷　精　興　社
表紙印刷　集　美　堂
製　　本　加瀬製本所
Printed in Japan

ISBN4-560-07138-1

白水uブックス

本体670円〜本体1262円

- u1〜u37 シェイクスピア全集 全37冊 小田島雄志訳
- u38〜u50 チボー家の人々 全13巻 ロジェ・マルタン・デュ・ガール 山内義雄訳 店村新二解説
- u51 サリンジャー／野崎 孝訳(アメリカ) ライ麦畑でつかまえて
- u52 ヤーン／種村季弘訳 十三の無気味な物語(ドイツ)
- u53 ボルヘス／鼓 直訳(アルゼンチン) ブロディーの報告書
- u54 P.ド・マンディアルグ／生田耕作訳 オートバイ(フランス)
- u55 プレンツドルフ／早崎守俊訳 若きWのあらたな悩み(ドイツ)
- u56 ヴォネガット／池澤夏樹訳 母なる夜(アメリカ)
- u57 ボールドウィン／大橋吉之輔訳 ジョヴァンニの部屋(アメリカ)
- u58 u59 ロッジ／高儀 進訳 交換教授上・下(イギリス)
- u60 u61 ファウルズ／小笠原豊樹訳 コレクター上・下(イギリス)
- u62 バース／志村正雄訳 旅路の果て(アメリカ)
- u63 プイグ／鼓 直訳(アルゼンチン) ブエノスアイレス事件

- u64 u65 アップダイク／宮本陽吉訳 走れウサギ上・下(アメリカ)
- u66 P.ド・マンディアルグ／澁澤龍彦訳 城の中のイギリス人(フランス)
- u68 ウィリアムズ／志村正雄・河野一郎訳 呪い(アメリカ)
- u69 ユルスナール／多田智満子訳 東方綺譚(フランス)
- u70 フリードマン／沼澤洽治訳(アメリカ) スターン氏のはかない抵抗
- u71 窪田般彌・滝田文彦編(フランス) フランス幻想小説傑作集
- u72 種村季弘編(ドイツ) ドイツ幻想小説傑作集
- u73 由良君美編(イギリス) イギリス幻想小説傑作集
- u74 志村正雄編(アメリカ) アメリカ幻想小説傑作集
- u75 阿刀田 高編(日本) 日本幻想小説傑作集I
- u76 阿刀田 高編(日本) 日本幻想小説傑作集II
- u77 ジャリ／澁澤龍彦訳 超男性(フランス)
- u78 ブルトン／巖谷國士訳 ナジャ(フランス)
- u79 グラック／安藤元雄訳 アルゴールの城にて(フランス)
- u80 アルトー／多田智満子訳 ヘリオガバルス(フランス)

- u81 アラゴン／生田耕作訳 イレーヌ(フランス)
- u82 P.ド・マンディアルグ／生田耕作訳 狼の太陽(フランス)
- u83 P.ド・マンディアルグ／生田耕作訳 黒い美術館(フランス)
- u84 P.ド・マンディアルグ／生田耕作訳 燠(おきび)火(フランス)
- u85 アポリネール／窪田般彌訳 異端教祖株式会社(フランス)
- u86 ベアリュ／田中義廣訳 水蜘蛛(フランス)
- u87 阿刀田 高編(日本) 笑いの侵入者—日本ユーモア文学傑作選I
- u88 阿刀田 高編(日本) 笑いの双面神—日本ユーモア文学傑作選II
- u89 澤村灌・高儀 進編(イギリス) 笑いの遊歩道—イギリス・ユーモア文学傑作選
- u90 榊原晃三・竹内廸也編(フランス) 笑いの錬金術—フランス・ユーモア文学傑作選
- u91 竹田 晃編 中国幻想小説傑作集(中国)
- u92 金学烈・高演義編 朝鮮幻想小説傑作集(朝鮮)
- u93 沼澤洽治・佐伯泰樹編(アメリカ) 笑いの新大陸—アメリカ・ユーモア文学傑作選
- u94 東谷穎人編(スペイン) スペイン幻想小説傑作集
- u95 マッカラーズ／西田 実訳 悲しき酒場の唄(アメリカ)

白水uブックス

本体670円～本体1262円

u 96	笑いの共和国(中国) 藤井省三編 中国ユーモア文学傑作選
u 97	笑いの三千里(朝鮮) 金学鉄・高演義編/朝枝尚紀訳 朝鮮ユーモア文学傑作選
u 98	鍵のかかった部屋(アメリカ) オースター/柴田元幸訳
u 99	インド夜想曲(イタリア) タブッキ/須賀敦子訳
u 100	食べ放題(アメリカ) ヘムリー/小川高義訳
u 101	君がそこにいるように(アメリカ) レオポルド/岸本佐知子訳
u 102	フロベールの鸚鵡(イギリス) バーンズ/斎藤昌三訳
u 103	ひと月の夏(イギリス) J・L・カー/小野寺健訳
u 104	セルフ・ヘルプ(アメリカ) ムーア/斎藤英治訳
u 105	僕が戦場で死んだら(アメリカ) オブライエン/中野圭二訳
u 106	これいただくわ(アメリカ) ラドニック/柴田元幸・音谷克巳訳
u 107	ダブル/ダブル(アメリカ) リチャードソン編/柴田元幸・音谷克巳訳
u 108	10 1/2章で書かれた世界の歴史(イギリス) バーンズ/丹治愛・丹治敏衛訳
u 109	あそぶが勝ちよ(アメリカ) ラドニック/松岡和子訳
u 110	聖なる酔っぱらいの伝説(ドイツ) ロート/池内紀訳
u 111	木のぼり男爵(イタリア) カルヴィーノ/米川良夫訳
u 112	雪白姫(アメリカ) バーセルミ/柳瀬尚紀訳
u 113	笑いの騎士団(スペイン) 東谷穎人編 スペイン・ユーモア文学傑作選
u 114	不死の人(アルゼンチン) ボルヘス/土岐恒二訳
u 115	遠い水平線(イタリア) タブッキ/須賀敦子訳
u 116	ひそやかな村(イギリス) D・ダン/中野康司訳
u 117	天使も踏むを恐れるところ(イギリス) フォースター/中野康司訳
u 118	もしもし(アメリカ) トゥルニエ/榊原晃三訳
u 119	聖女ジャンヌと悪魔ジル(フランス) トゥルニエ/榊原晃三訳
u 120	ある家族の会話(イタリア) ギンズブルグ/須賀敦子訳
u 121	さくらんぼの性は(イギリス) ウィンターソン/岸本佐知子訳
u 122	中二階(アメリカ) ベイカー/岸本佐知子訳
u 123	イン・ザ・ペニー・アーケード(アメリカ) ミルハウザー/柴田元幸訳
u 124	フェルマータ(アメリカ) ベイカー/岸本佐知子訳
u 125	逆さまゲーム(イタリア) タブッキ/須賀敦子訳
u 126	かもめ(ロシア) チェーホフ/小田島雄志訳
u 127	ワーニャ伯父さん(ロシア) チェーホフ/小田島雄志訳
u 128	三人姉妹(ロシア) チェーホフ/小田島雄志訳
u 129	桜の園(ロシア) チェーホフ/小田島雄志訳
u 130	レクイエム(イタリア) タブッキ/鈴木昭裕訳
u 131	最後の物たちの国で(アメリカ) オースター/柴原端人訳
u 132	豚の死なない日(アメリカ) R・N・ペック/金原瑞人訳
u 133	続・豚の死なない日(アメリカ) R・N・ペック/金原瑞人訳
u 134	供述によるとペレイラは……(イタリア) タブッキ/須賀敦子訳
u 135	縛り首の丘(ポルトガル) ペナック/柴田史子訳
u 136	人喰い鬼のお愉しみ(フランス) ケイロース/彌永史郎訳
u 137	三つの小さな王国(アメリカ) ミルハウザー/柴田元幸訳
u 138	踏みはずし(フランス) リオ/堀江敏幸訳
u 139	薔薇の葬儀(フランス) マンディアルグ/田中義廣訳